सफ़र ज़िन्दगी का

राजकुमारी राज़दान

First Published in April 2018

ISBN: 978-93-87923-28-7

BLUE ROSE PUBLISHERS
www.bluerosepublishers.com
info@bluerosepublishers.com
+91 8882 898 898

Cover Designer:
Shardool Vikram Singh

Typographic Designer:
Prateek Rana

Editor:
Rashid Mustafa

Distributed by: Blue Rose, Amazon, Flipkart, Shopclues

Contents

प्रस्तावना

सफ़र ज़िन्दगी का भी होता है और रचना का भी। सफ़र के शुरूआती दौर में कुछ उत्साह, कुछ अनिश्चय और कुछ भटकाव साथ-साथ चलते हैं। रचना का सफ़र भी एकरेखीय नहीं होता। उसमें अनुभवों, परिस्थितियों एवं भाषा की अनेक परतें होती हैं। कहीं धुँध तो कहीं धूप का उजाला।

राजकुमारी राज़दान ने "सफर ज़िन्दगी का" में रचना की दुनिया में पहला क़दम रखा है। उसमें पहले क़दम का उत्साह है तो उसकी लड़खड़ाहट भी। कहानी केवल घटनाओं और जिज्ञासा के उतार-चढ़ाव से नहीं बनती, उसमें ठहराव और एकांत की आंतरिकता भी होती है। कहानी जितना कहती है... उससे अधिक अनकहा छोड़ देती है। इस अनकहे में ही कहानी और जीवन का मर्म छिपा होता है। राजकुमारी जी का यह पहला प्रयास है। इन कहानियों में संयोगों का दबाव बहुत अधिक है। उम्मीद और अपेक्षा है कि रचना-यात्रा के अगले पड़ावों पर वे ज़िन्दगी और कहानी के विवेकसम्मत रिश्तों को अधिक महत्त्व देंगी। कुछ रचने की इच्छा जीवन के स्वीकार और उसे बेहतर बनाने की आकांक्षा का प्रमाण है।

पुस्तक में राजकुमारी जी की कुछ कविताएँ भी संकलित हैं। इनमें विस्थापन का दर्द, अपने जड़ों की स्मृतियाँ और कश्मीर की अथाह प्राकृतिक सुंदरता की झलक है। यह पुस्तक भरोसा दिलाती है कि आने वाले समय में वे और बेहतर लिखेंगी।

शुभकामनाएं और बधाई।

डॉ० रामेश्वर राय

एसोसिएट प्रोफेसर

हिंदी विभाग, हिन्दू कॉलेज

दिल्ली विश्वविद्यालय।

✷

दो शब्द

लेखन के लिए आवश्यक है कि व्यक्ति में उत्साह हो, समर्पण की भावना हो और भावाभिव्यक्ति की अकुलाहट हो। राजकुमारी राज़दान में ये तीनों गुण मौज़ूद हैं। वे अपने दैनदिन अनुभवों तथा अपनी स्मृतियों को कथात्मक बनाने की लगन से प्रेरित होती हैं। अभिव्यक्ति के समय उनके लिए यह ज़्यादा महत्त्वपूर्ण होता है कि जिस बात को कहने की अकुलाहट उनके मन में है, वह अनवरत कागज़ पर उतरे। इसी प्रक्रिया में उनकी कहानियाँ आकार पाती हैं।

इन कहानियों में पाठक को लग सकता है कि अकुलाहट तथा कला की सीमाएं और संभावनाएं कहीं-कहीं पारम्परिक या शास्त्रीय नहीं हैं। कहीं-कहीं यह भी लग सकता है कि अनुभव अनुभूति के स्तर तक उठने में कठिनाई महसूस कर रहा है, पर ये एक नए लेखक की सीधी ईमानदार कोशिश ज़रूर है, जिसे सहानुभूति से समझा और प्रोत्साहित किया जा सकता है। कहानी आरंभ हो, परवान चढ़े और उद्दिष्ट अंत तक पहुँचे, यह राजकुमारी राज़दान का मंतव्य होता है और इस प्रक्रिया को वे बखूबी पूरा करती हैं।

मैं उम्मीद करता हूँ कि वे अभी और पढ़ती-लिखती तथा कहानियाँ रचती रहेंगी और एक दिन अपने लेखक होने के लक्ष्य तक ज़रूर पहुँचेंगी।

डॉ० रतनलाल शांत

अपनी बात

प्रस्तुत कहानी संग्रह "सफ़र ज़िन्दगी का" काल्पनिक कहानियाँ है। इन कहानियों में नारियों का समाज में गिरकर फिर उठने का प्रयास है।

मुझे बचपन से कहानी लिखने का और सुनने का शौक था। मेरे पिताजी स्वर्गीय पं० सोमनाथ जी ज़ाडू "सुमन" (रिटायर्ड रजिस्टार, हाई कोर्ट) जाने माने संस्कृत के विद्वान थे, जिनका साहित्य में काफी योगदान रहा। उन्हीं से मुझे कहानी लिखने की प्रेरणा मिली। काफी प्रयास के बाद मैंने एक लघु कहानी लिखी जिसे पढ़कर मेरे पिता जी ने मुझे लिखने के लिए प्रोत्साहित किया। इस बीच मैंने "पेंटिंग" नाम की एक कहानी लिखी। इस कहानी को स्व० डॉ० भूषण लाल कौल जी (डी०लिट०) ने बहुत सराहा और मुझे आगे लिखने के लिए प्रेरित किया। इस कार्य को आगे ले जाने में मेरे पति श्री शिबन लाल राज़दान जी ने मेरा काफी सहयोग किया।

मैं डॉ० रतनलाल शांत की आभारी हूँ, जिन्होंने मुझे समय-समय पर मार्गदर्शन किया और साथ ही साथ प्रोत्साहित भी किया। डॉ० शांत जी ने इस पुस्तक के लिए जो 'दो शब्द' लिखे हैं, जिसमें उन्होंने मुझे आगे लिखने के लिए प्रेरित किया, उसके लिए मैं उनकी आभारी हूँ।

मैं डॉ० रामेश्वर राय (एसोसिएट प्रोफेसर हिन्दी विभाग, हिन्दू कॉलेज, दिल्ली विश्वविद्यालय) के प्रति आभार प्रकट करती हूँ, जिन्होंने अपना मूल्यवान समय निकाल कर मेरी इस पुस्तक की शोभा बढ़ाई और अपने करकमलों से 'प्रस्तावना' भी लिखी। उन्होंने मुझे अपनी प्रस्तावना में शुभकामनायें भी दी, जिसके लिए मैं उनकी आभारी हूँ।

यह छोटी सी भेंट, पढ़ने वालों को शायद पसंद आयेगी। चूंकि यह मेरा पहला प्रयास है, आशा करती हूँ कि पढ़ने वाले मुझे आगे लिखने के लिए प्रोत्साहित करेंगे। इन कहानियों के साथ मैंने कुछ कविताएं भी लिखी हैं। आशा करती हूँ कि पाठकों को वे भी पसंद आएंगी।

राजकुमारी राज़दान

अजनबी

बरसात का मौसम था। बूंदा-बांदी हो रही थी। एक अजनबी गीता के घर में घुस गया। गीता, जो एक साधारण गृहणी थी, अपने घर के काम में लगी थी। उसका पति काम पर चला गया था। उनकी एक छोटी बच्ची थी, जो स्कूल चली गई थी। अजनबी को देखकर गीता ने कहा - "आप कौन हैं?" अजनबी कुछ सहमा हुआ था - "मुझे थोड़ी देर के लिए यहाँ रुकने देंगी? देखिए बारिश कितनी हो रही है।" अजनबी ने कहा। गीता एक अनजान व्यक्ति को देखकर झिझक गई। वह कैसे एक अनजान व्यक्ति को रुकने को कहती। उसने थोड़ी सहानुभूति से कहा - "ठीक है, थोड़ी देर रुक कर चले जाएं, क्योंकि बारिश थमने वाली है।" "ठीक है" अजनबी ने कहा। उसने चैन की सांस ली।

अजनबी की दाढ़ी लम्बी थी, चेहरा कुछ उतरा हुआ था, आयु कोई ३० वर्ष की। दिन के दो बज चुके थे, गीता की बेटी स्कूल से आ गई। अजनबी को देखकर माँ से कहा - "यह कौन हैं माँ?" माँ ने कहा "अंकल हैं, अभी चले जाएंगे।" उसकी बच्ची बारिश में थोड़ी भींग चुकी थी। वह अन्दर चली गई। अजनबी ने गीता से धन्यवाद कहा और चला गया। गीता भी अन्दर जाकर अपने काम में व्यस्त हो गई। वह मन में सोच रही थी, यदि उसके पति ने उस अजनबी को इसके साथ अकेले घर में देखा होता, तो न जाने क्या होता, क्योंकि वह कुछ शक्की स्वभाव वाला था, थोड़ा गुस्से वाला भी। ख़ैर अब अजनबी चला गया था, इसलिए उसे कोई चिंता नहीं थी।

कुछ समय बीत गया, एक दिन बेबी अपने पिता के साथ बाज़ार गई थी, क्योंकि उसका जन्मदिन आने वाला था। अपने मन-पसंद कपड़े लाने थे। वह छोटी ही थी। कभी इस दुकान पर, कभी उस दुकान पर, कोई ड्रेस पसंद ही नहीं आ रही थी। मुश्किल से एक फ्रॉक पसंद आ गई। अचानक बेबी की नज़र उस अजनबी पर पड़ी और अपने पापा से कहा – "देखो वह अंकल आ रहे हैं।" पापा ने कहा - "कौन अंकल?" "वह दाढ़ी वाले अंकल।" बेटी ने उसकी ओर इशारा किया। "पर मैं उसे नहीं जानता।" पापा ने कहा, "कौन हैं यह बेबी?" "पापा, यह उस दिन हमारे घर आए थे जब बहुत बारिश पड़ रही थी।" बेटी ने कहा। वह शक में पड़ गया, क्योंकि वह शक्की मिज़ाज का था। उसने अपनी बेटी से उसके बारे में बार-बार पूछा – "अरे कौन है यह? मैंने इसे कभी नहीं देखा है, न ही मैं इसे जानता हूँ।" वह उस अजनबी के पीछे-पीछे चल पड़ा, पर गाड़ियों की भीड़ की वजह से अजनबी उसकी आँखों से ओझल हो गया। अब तो गीता के पति को घर जाने की जल्दी पड़ गई। घर पहुँचते ही गीता से प्रश्नों की बौछार होने लगी। पति ने कहा - "कौन था वह दाढ़ी वाला, जो

यहाँ आता है?" गीता के तो होश ही उड़ गए। वह तो उस अजनबी को जानती तक नहीं थी। उसे उसकी शक्ल तक याद नहीं थी। थोड़ी देर के लिए वह अजनबी बारिश में आया था। वह सोचने लगी, न जाने आज कहाँ से मेरे पति ने उसे ढूँढ़ निकाला। अब मैं क्या करूँ? इतने में बेबी कहने लगी - "मम्मी, उस दिन वह दाढ़ी वाले अंकल आए थे, जब बारिश पड़ रही थी। आज मैंने उनको बाज़ार में देखा।" यह सुनते ही गीता के दिल पर पहाड़ गिर गया। उसे डर लगने लगा कि अब उसका पति उसे शक की निगाह से देखेगा। बहुत कहने पर भी उसका पति यक़ीन ही नहीं कर रहा था। उसे पूरा विश्वास था कि गीता उससे कुछ छुपा रही है। पर गीता बेचारी का कोई दोष ही नहीं था। उसने अपनी तरफ से पूरी सफाई दी, पर उसका पति कहाँ मानने वाला था। उसने पति से कहा - "यदि कोई थोड़ी देर बारिश से बचने के लिए हमारे घर पर रुके, तो क्या हमें उसे धक्के मार कर निकाल देना चाहिए? हमें इतना भी निर्दयी नहीं होना चाहिए।" पर वह कहाँ मानने वाला था! वह अन्दर-अन्दर क्रोध की अग्नि में सुलगता रहा। गीता के घर में रोज़ अब कोई न कोई लड़ाई का बहाना होता था, जिसके कारण उसके दिन का चैन और रातों की नींद चली गई। वह अपने पति को समझाते-समझाते थक चुकी, पर उस अजनबी का दुबारा कोई निशान नहीं मिला।

बुआ ने पुकारा - "गौतम बेटा उठो, देर हो रही है। सूरज कब का निकल चुका है।" पर वह टस से मस नहीं हुआ और करवट बदल कर फिर से सो गया।

गौतम की दिमागी हालत खराब थी। उसका दिमाग तब से कमज़ोर हुआ था, जब उसके सभी घरवाले एक कार हादसे में मारे गए थे। वह एक अच्छे घर का था, पर उसकी हालत एक भिखारी जैसी थी। लम्बी दाढ़ी, उतरा हुआ चेहरा, ऐसा लगता कि कई महीनों की बीमारी से उठा है। उसकी विधवा बुआ उसे पालती थी, जब उसके माँ-बाप चल बसे थे। वह उसके पास ही रहने आई थी और उसका लालन-पालन करती थी। गौतम के लिए शादी के कई रिश्ते आते थे, पर उसकी पागलों जैसी हरकतें देखकर, लड़की वाले पीछे हट जाते थे। कभी-कभी थोड़ा ठीक होने पर जब उसे दुर्घटना वाली बात याद आती थी, तो वह फिर पागलों जैसी हरकतें करता था।

थोड़ा ठीक होने पर उसके लिए एक रिश्ते की बात चली। बुआ ने कहा – "गौतम बेटा जाओ दाढ़ी बना के आओ, लड़की वाले तुझे देखने आ रहे हैं।" उसका मूड भी ठीक था। वह दाढ़ी बनाने बाज़ार चला गया। बुआ बहुत खुश हुई कि आज उसका गौतम उसकी बात मान रहा है। उसने भगवान का धन्यवाद किया और काम में लग गई।

गीता के पति को आज जल्दी जाना था क्योंकि उसके दफ़्तर में कोई दौरे पर आने वाला था। वह बड़ी जल्दी में था पर रास्ते में उसे दाढ़ी वाले की बात खाए जा रही थी। वह सोचता था कि उसकी पत्नी झूठ बोल रही है। ज़रूर मेरी पत्नी का उस

दाढ़ी वाले से कोई सम्बन्ध है। यह सोचते-सोचते उसकी नज़र उसी दाढ़ी वाले पर पड़ी। दाढ़ी वाला तेज़ रफ़्तार में चला जा रहा था। नज़र पड़ते ही उसने उसका पीछा किया। भीड़ काफी थी, सुबह का समय था। सभी लोग काम पर जा रहे थे। इतने में दाढ़ी वाला किसी दुकान में घुस गया। गीता का पति दुकान देख नहीं पाया, क्योंकि दुकानें साथ-साथ थी। दुकानों के आगे भी लोगों की भीड़ थी। गीता के पति ने मन ही मन ठान लिया कि आज वह उस दाढ़ी वाले को पकड़ ही लेगा जिससे असली राज़ खुल जाएगा। उसने दफ़्तर की कोई चिंता नहीं की। चाहे नौकरी ही क्यों न चली जाए, मैं आज उस दाढ़ी वाले का इन्तज़ार करूँगा जबतक वह दुकान से बाहर नहीं आएगा।

गौतम ने शीशे में अपना चेहरा देखा तो हैरान हो गया, वह बिल्कुल राजकुमार जैसा लग रहा था। वह अपने आपको पहचान ही नहीं पाया। नाई को पैसे देकर वह घर चला गया। गीता का पति घण्टों सड़क पर उसका इन्तज़ार करता रहा, पर दाढ़ी वाले का कहीं पता ही नहीं चला। वह खड़ा-खड़ा थक गया। काफी देर हो चुकी थी, वह दुकानों में उसको तलाशने लगा, पर वह कहीं भी नहीं मिला। निराश होकर वह सीधा घर चला गया। उसे बहुत थकान हो रही थी। घर आते ही वह अपने कमरे में चला गया। जूते-कपड़े खोलकर आराम करने लगा। उस के दिमाग में हलचल थी जिसके कारण सिर भी चकरा रहा था। गीता ने अपने पति की यह हालत देखी कि आज बिना हाथ-मुँह धोये वह आते ही लेट गए। उसने पति का बैग उठाया, देखने पर पता चला कि आज उसने नाश्ता भी नहीं किया है। वह हैरान हुई कि आखिर बात क्या है। उससे रहा न गया। उसने पति से कहा - "क्या बात है? आज आपने नाश्ता क्यों नहीं खाया है?" पति ने उसकी बात अनसुनी कर दी। वह क्या कहता, अन्दर ही अन्दर जलता जा रहा था। आखिर क्यों मेरी पत्नी उस दाढ़ी वाले का राज़ छुपा रही है।

गौतम के घर में बहुत चहल-पहल थी क्योंकि आज उसे लड़की वाले देखने आ रहे थे। आख़िर वह शुभ घड़ी आ गई। मेहमानों की अच्छी आव-भगत हुई। बुआ बहुत खुश थी, पर दुःख इस बात का था कि लड़की वाले लड़की साथ नहीं लाए थे। कारण यह था कि लड़की थोड़ी बदसूरत थी पर पढ़ी-लिखी थी। उसने आने से इन्कार किया था। गौतम लड़की देखने के लिए बेताब था, पर वह आई नहीं थी। मुश्किल से उसने शादी के लिए 'हाँ' की थी। यह सोचकर कि लड़की क्यों साथ नहीं आयी। उसके दिमाग में फिर से हलचल होने लगी और वह इधर-उधर की बातें करने लगा। लड़की वाले उस की यह हालत देखकर दुःखी होकर वहाँ से चले गए। उसकी बुआ का दिल टूट गया। लड़की वालों ने घर पहुँचते ही संदेश भेजा कि हमें यह रिश्ता मंज़ूर नहीं है।

आज गौतम के घर एक और रिश्ता आया था, वह लड़की अनपढ़ थी पर घर का काम-काज अच्छी तरह से कर लेती थी। लड़की के अनपढ़ होने के कारण

उसकी शादी में रुकावट आती थी। गौतम देखने में बहुत सुन्दर था, बाप का बहुत कारोबार था, जो बुआ संभालती थी। इसलिए लड़की वाले शादी के लिए सहमत हो गए। शादी का दिन पक्का हो गया।

इधर गीता के पति पर भूत सवार हुआ था। वह तो यही समझता था कि या तो गीता मुझसे दाढ़ी वाले का राज़ छुपा रही है या वह कोई भूत वगैरह होगा जो कभी नज़र आता है और कभी ग़ायब हो जाता है। उसे चिंता हमेशा खाये रहती थी। गीता के तो नाक में दम कर रखा था। वह बहुत परेशान थी कि अब क्या करे, इन्हीं विचारों में खोई थी कि किसी ने दरवाज़े पर दस्तक दिया। उसका पति वहीं था। वह उत्सुकता से देखने गया - "अरे तुम!" यह उस का मित्र रमेश था। "कैसे हो, आज हमारी याद कैसे आई ?" रमेश ने अन्दर आते ही शादी का एक कार्ड हाथ में थमाया और कहा - "मेरी बहन सावित्री की परसों शादी है। आप अवश्य आना।" गीता के पति ने कहा - "अरे शादी का दिन भी पक्का हुआ और हमें आज पता चला।" रमेश ने कहा - "अरे यार क्या कहें, हमें तो आजतक ऐसा कोई लड़का ही नहीं मिला, जो हमारी अनपढ़ बहन से शादी कर ले। तुम्हें तो पता ही है, आजकल पढ़ी-लिखी लड़कियाँ हैं और मेरी बहन तो इस बात से वंचित ही रही। अब जाके बड़ी मुश्किल से एक लड़का मिला है और हम ने चट मंगनी और पट शादी की बात सोच ली, इसलिए तुम्हें भी आज ही बता रहें हैं।" रमेश ने कहा - "यार घर-बार ठीक है, कुछ महीने पहले लड़के की दिमागी हालत ठीक नहीं थी, क्योंकि उसके मां-बाप की किसी कार दुर्घटना में मौत हुई है, पर अब वह बिल्कुल ठीक है। उसकी एक बुआ है, जो उसका लालन-पालन करती है। उनका बहुत बड़ा कारोबार है।" गीता के पति (सुखदेव) ने कहा - "चलो, तुझे भी अपनी बहन की परेशानी दूर हुई।" इसके बाद रमेश ने जाने की अनुमति ली और जाते-जाते उन्हें फिर से आने के लिए आग्रह किया।

गौतम का सेहरा बाँधा जा रहा था। आज उसकी बुआ बहुत खुश थी। दुल्हा तैयार हुआ, सभी बाराती जाने की तैयारी करने लगे। रमेश बहुत खुश था। उसके घर में भी बहुत रौनक थी। बारात आ गई, बारातियों का बहुत स्वागत हुआ। आते ही समधियों का मिलन हुआ। दूल्हे के गले में बहुत सारे हार पहनाए गए। गीता के पति ने भी दूल्हे को हार पहनाया और चेहरे से सेहरा उठाया। दूल्हा बिल्कुल राजकुमार जैसा लग रहा था। वह देखता ही रह गया पर उसे क्या मालूम था कि यही वह दाढ़ी वाला है जिसकी उसे तलाश है। दुल्हन गौतम के घर चली गई। गौतम और उसकी बुआ दोनों बहुत खुश हुए।

दिन, महीने, साल बीतने में देर नहीं लगती। गौतम के यहाँ बेटा हुआ। बच्चे के आने से घर में और रौनक हुई। बुआ का शरीर अब दिन-ब-दिन ढीला पड़ने लगा और एक दिन वह इस दुनिया से चल बसी। गौतम को यह सदमा सहन नहीं हुआ। इसके कारण उसे फिर से वही पहले वाला पागलपन आने लगा। उसे वही अपने

माँ-बाप की दुर्घटना याद आने लगी। वह बहुत कमज़ोर होने लगा। उसका कई प्रकार से इलाज हुआ पर कोई असर नहीं पड़ा। उस के साले रमेश ने उसे अस्पताल ले जाने की बहुत कोशिश की, पर वह जाने से इन्कार कर देता। उसने सोचा, शायद अस्पताल में रहकर वह अच्छा इलाज होने पर ठीक हो जाए, पर सब बेकार। गौतम की दिमागी हालत इतनी बिगड़ गई कि अब वह अपनी बीवी तथा बच्चे को भी पीटता था। सभी परेशान हो गए। आखिर रमेश ने ज़बरदस्ती उसे दिल्ली के अस्पताल में भर्ती कराया। वहाँ डॉक्टरों ने उसका लगातार निरीक्षण किया, परन्तु उसकी हालत दिन-ब-दिन बिगड़ती गई।

इधर गीता के पति को लगातार दाढ़ी वाले की तलाश थी। उनकी लड़ाई आपस में जारी थी और दूरियाँ बढ़ती ही जा रही थीं। वह पति को समझा कर हार गई थी। उस अजनबी ने दोनों का जीवन नष्ट कर डाला था। आज कई महीने के बाद गीता के पति को रमेश मिला, उसे देखकर सुखदेव ने कहा - "यार, यह क्या हाल बना रखा है? तुम ठीक तो हो ना? बड़े कमज़ोर लग रहे हो।" रमेश ने कहा - "क्या बताऊँ यार, जब से मेरी बहन सावित्री की शादी हुई है, तब से हम सभी बहुत परेशान हैं। तुमने कभी हमारी ख़बर ही नहीं ली।" सुखदेव ने कहा - "अरे, मैं भी कुछ कम परेशान नहीं हूँ। मैं तुम्हे एक राज़ की बात बताता हूँ क्योंकि तुम मेरे बचपन के पक्के दोस्त हो।" रमेश ने कहा - "हाँ, कहो क्या बात है?" सुखदेव ने कहा - "यार, मेरी पत्नी के किसी के साथ नाजायज़ सम्बन्ध हैं। जब से मुझे इस बात का पता चला, अन्दर ही अन्दर सुलगता जा रहा हूँ। एक दिन मैंने उस आदमी को रास्ते में देखा था, पर भीड़ में वह न जाने कहाँ चला गया। तब से आजतक मैं उसकी तलाश में हूँ। जिस दिन वह मुझे मिलेगा मैं तभी चैन की नींद सोऊँगा।" रमेश ने कहा - "अरे यार, क्यों शक के दायरे में आ रहे हो। बिना वज़ह अपनी पत्नी पर शक कर रहे हो। मैं तो तुम्हारी पत्नी को अच्छी तरह से जानता हूँ, वह तो एक देवी की तरह है।" सुखदेव ने कहा - "अरे हाँ, तू भी कुछ परेशान है, क्या बात है? तुम्हारी बहन ठीक है ना?" रमेश ने कहा - "अरे, वह तो ठीक है, पर उसके पति की दिमागी हालात कुछ खराब है।" "क्या वज़ह है? किसी अच्छे डॉ० को दिखाना था"- सुखदेव ने कहा। "अरे हमने उसे कहाँ-कहाँ नहीं दिखाया, पर उसे कोई फ़र्क नहीं पड़ा। यहाँ तक कि उसे दिल्ली के पागलखाने में दाखिल किया।" सुखदेव ने कहा - "अरे, यहाँ तक बात पहुँची और मुझे ख़बर तक नहीं। मुझे भी अपने साथ ले चलना, जब तुम उसकी ख़बर लेने जाओगे।" रमेश ने कहा - "अच्छा यार अब चलता हूँ। बहुत देर हो गई।" सुखदेव ने कहा - "ठीक है, यदि किसी चीज की आवश्यकता हो तो बता देना।" दोनों अपने रास्ते चले गए।

दो-चार दिन बीत गए। रमेश के यहाँ से कोई ख़बर नहीं आई। गीता के पति सुखदेव को चिंता हुई और पत्नी से कहा - "चलो हम रमेश के घर जाकर उसके जीजा जी की खबर लेते हैं।" गीता को भी उसके बीमारी के बारे में बता दिया था। दोनों ने रमेश के यहाँ जाने की तैयारी की। छुट्टी का दिन था, इसलिए अपनी बेटी को भी साथ ले गए, पर वहाँ उनके घर में ताला लगा था। पड़ोसियों से पता चला कि वे सभी अपनी बहन के घर चले गए हैं क्योंकि उसके बहनोई की मृत्यु हुई है। यह सुनकर सुखदेव को बहुत दुःख हुआ और अपनी पत्नी से कहा - "चलो हम भी वहीं चलते हैं।" पड़ोसी से उनका पता पूछकर उनके घर चले गए। वहाँ पहुँच कर देखा, चारों ओर मातम छाया हुआ है। रमेश की बहन बिलख-बिलख कर रो रही थी। लाश अस्पताल से लाई गई थी और रमेश वहाँ बहुत सारे लोगों के साथ अफ़सोस कर रहा था। सुखदेव रमेश के पास चला गया और उसे ढाँढस दिया। मृत शरीर पर चादर पड़ी थी। सुखदेव ने उसके चेहरे से चादर उठाई। उसका चेहरा देखकर वह दंग रह गया क्योंकि जिस दाढ़ी वाले की उसको तलाश थी वह वही था। उसकी पत्नी गीता भी उसके पास बैठी थी। उसने भी उसको देख लिया और इशारा किया कि तुम्हें जिस दाढ़ी वाले की तलाश थी, वह तो यही है। उसके पति को सब समझ आया कि उसकी पत्नी निर्दोष है और उसके शक का भ्रम दूर हो गया। उसने सुख की साँस ली। पर रमेश को इस बात की ख़बर तक न हुई।

✸

विदेशी नारी

भारत चाहे कितना महान हो, परन्तु प्रत्येक भारतीय चाहता है कि वह विदेश भी घूम आए क्योंकि विदेश में एक भारतीय बहुत पैसा कमाता है। वह केवल उसकी किस्मत तथा काबलियत से होता है। राजन को आज विदेश जाना था। उसकी पत्नी अलका और उसका बेटा उसको एयरपोर्ट पर छोड़ने आए थे। अलका राजन से बहुत प्यार करती थी। वे दोनों बचपन से ही बोर्डिंग स्कूल में पढ़े थे और फिर कॉलेज में भी साथ-साथ ही थे। उन दोनों के घरवाले काफी धनी थे। राजन के घर वालों ने उसे खूब पढ़ाया। वह एक इंजिनियर बन गया। अलका कॉलेज में पढ़ाती थी। ज़िन्दगी में पहली बार दोनों एक-दूसरे से अलग हो रहे थे। यान ने उड़ान भर ली। अलका के आँसू मुश्किल से रुके। वह राहुल को लेकर घर चली आई।

राजन जब विदेश पहुँचा तो उसने वहाँ नया ही वातावरण देखा। वहाँ के गोरे लोगों को देखकर वह नई दुनिया में खो गया। हर ओर से हेलो की गूँज थी। शुरू में तो पत्नी और बेटे के बिना अकेलापन महसूस करने लगा परन्तु धीरे-धीरे नये मित्रों के साथ हिलमिल गया। अपनों की याद अब कम आने लगी, क्योंकि उसे वहाँ एक प्यारी सी लड़की स्टीन मिल गई। रोज़-रोज़ मिलने पर दोनों को प्यार हो गया। ऑफिस से आने के बाद राजन अब रोज़ स्टीन से मिलने जाता था। देर रात तक बार में बैठकर वे दोनों प्यार में खोए रहते थे।

अलका ने राजन को बहुत पत्र लिखे। पहले-पहले तो उन का उत्तर आता था, परन्तु बाद में राजन ने किसी पत्र का उत्तर नहीं दिया। वह अब स्टीन के प्यार में पूरी तरह डूब चुका था। दिन बीतते गए। राहुल बड़ा होने लगा। अलका ने राजन के आने की आशा छोड़ दी। वह बहुत दुःखी थी, परन्तु राहुल के कारण दुःख को मन में समेटे हुए थी। राहुल उसके दुःख से बेखबर नहीं था। खुद भी वह पिता का प्यार पाने के लिए तरस रहा था। अलका ने राहुल को पढ़ाने के लिए ट्यूशन रखा जहाँ राहुल अपने शिक्षक पंकज से हिल-मिल गया। वह राहुल को बहुत प्यार करता था। पंकज के आने से अलका का दुःख थोड़ा कम हुआ। दिन बीतते गए। अब पंकज ने भी अलका का दुःख समझ लिया था। पंकज अलका के नज़दीक आना चाहता था और अलका भी अब पंकज का साथ पाना चाहती थी।

राहुल की पढ़ाई अब पूरी हो चुकी थी। वह एक बहुत काबिल डॉक्टर बन गया था। उस ने एम०डी० की डिग्री हासिल की। उसकी माँ अलका ने उसे मेहनत से पढ़ाया था और उसको इस काब़िल बनाया।

अलका ने कितनी कोशिश की कि राजन का कहीं पता चले। बहुत पत्र लिखने पर भी कोई उत्तर नहीं आया। वह पूरी तरह निराश हो गई। पंकज चाहता था कि अलका के सामने शादी का प्रस्ताव रखे, परन्तु साहस नहीं कर पा रहा था। राहुल

को भी लगा था कि पंकज अलका (माँ) को बहुत पसंद करता है और अलका के सम्बन्धी भी चाहते थे कि पंकज और अलका एक बन्धन में बँध जाए। हुआ ऐसा ही। वे दोनों एक बन्धन में बँध गए। राहुल को अब अपनी माँ की चिंता नहीं रही। वह अपने अभ्यास में लगा रहा।

इधर राजन स्टीन के प्यार में इतना डूब गया कि अब तो वह एक पल भी उससे दूर नहीं रहना चाहता था। एक दिन उसने स्टीन के आगे शादी का प्रस्ताव रखा। स्टीन ने जब शादी की बात सुनी तो वह मुस्कराई और कहने लगी - "राजन मैं अभी शादी नहीं करना चाहती, अभी मेरी उम्र ही क्या है। शादी के बाद मेरी सारी खूबसूरती खत्म हो जाएगी। मैं तो अभी आनन्द लेना चाहती हूँ। रहा सवाल आपसे शादी का, वह तो मैं आपके साथ नहीं करूँगी। शादी तो मैं किसी और नौजवान से करूँगी। आपकी उम्र तो अब बीत चुकी है।" राजन यह सब सुनकर हैरान था। वह आकाश से धरती पर गिर गया और चिल्लाने लगा - "क्या यह सब ढ़ोंग था? तुमने मेरा दिल तोड़ दिया। मैंने तुम पर सब कुछ निछावर किया, पर तुम धोखेबाज़ निकली। मैं तुम्हारे बिना जी नहीं सकता, तुमने तो मेरी सारी आशाओं पर पानी फेर दिया। अब मैं क्या करूँ, कहाँ जाऊँ? अपनी पत्नी और बेटे को भी खो दिया। मैं दोनों तरफ से मिट चुका।" राजन न जाने कितनी देर तक स्टीन को कोसता रहा, पर वह कब की उसे छोड़ कर जा चुकी थी। केवल चारो ओर दीवारें थी, जहाँ से कोई उत्तर नहीं आ रहा था।

दिन बीतते गए, राजन को परेशानियों ने घेर लिया और वह दुबला होने लगा। अब उसका कोई सहारा नहीं था। वह आकाश से गिरा और खजूर पर अटक गया था। उसकी दुनिया लुट चुकी थी। अब वह क्या करे, यही सोचते हुए उसने कलम उठाई और अलका को पत्र लिखने लगा :-

"प्रिय अलका,

मैं जानता हूँ तुम मुझ से बहुत नाराज़ हो। मैं अपने आप से बहुत शर्मिन्दा हूँ। मुझे आशा है कि तुम मुझे माफ करोगी। मैं आज तक बुराई के रास्ते पर चल रहा था। मेरी आँखों में विदेशी लड़कियों ने धूल झोंकी थी, अब मेरी आँखे खुल गई हैं। मेरे सभी सपने टूट चुके हैं। मैं पश्चाताप कर रहा हूँ। मैंने यह क्या किया, मैंने अपने फूल जैसे बेटे और देवी जैसी पत्नी को भुला दिया। न जाने मेरा राहुल कैसा होगा।

अब तो वह बहुत बड़ा हो गया होगा। मैं चाहता हूँ कि अब तुम दोनों को यहाँ बुलाऊँ, परन्तु अभी पासपोर्ट बनाने में समय लगेगा। मैं अपने किए पर प्रायश्चित करना चाहता हूँ। मुझे लगता है तुम मुझे माफ करोगी। शेष बाते बाद में लिखूँगा।

तुम्हारा
राजन"

अलका को जब राजन का पत्र मिला, तो वह हैरान हुई कि राजन ज़िन्दा है, अब तक तो वह उसे मरा हुआ समझती थी। उसने चाहा कि पत्र को फाड़ कर फेंक दे, परन्तु उसी समय पंकज आ गया और अलका का चेहरा उतरा हुआ पाया। उस ने कहा - "क्या बात है अलका, तुम कुछ परेशान नज़र आ रही हो।" अलका ने कहा - "राजन का पत्र आया है।" पंकज के होश उड़ गए। कुछ रुककर कहा - "क्या राजन ज़िन्दा है? क्या लिखा है पत्र में?" उसने एक ही सांस में कहा। वह सोचने लगा, मेरी बनी बनाई दुनिया उजड़ गई। अलका ने कहा - "वह पत्र के टुकड़े नीचे पड़े हुए हैं, अब आप मेरा उत्तर पढ़ लो।"

अलका ने अपना लिखा हुआ उत्तर पंकज को पढ़ने के लिए दिया :-

"धूर्त राजन,

पत्र पढ़ा, पढ़कर चाहा, तुम सामने होते तो सबके सामने तुम्हारा मुँह काला करती। यह सुनकर तुम्हारे दिल पर पहाड़ गिरेगा कि मैंने शादी की है और अपनी नई दुनिया बसा ली है। बहुत देर हो चुकी है, अब तुम्हारी नाव डूब चुकी है। मेरा राहुल डॉक्टर बन गया है। उसको बाप का प्यार मिल गया, वह बहुत खुश है। तुम्हें अपनी करनी का फल मिल गया, जिसके कारण तुम दुःख के सागर में डूब गए हो। अब दुबारा पत्र लिखने की कोशिश न करना। हम तुम्हारे लिए मर चुके हैं।

अलका"

पंकज ने जब पत्र का उत्तर पढ़ा, तो उसकी खोई सांस वापस आ गई। उसने अलका को गले से लगाया और उसकी हिम्मत की दाद दी। पंकज स्वयं पत्र पोस्ट करने गया।

राहुल एक बहुत बडा डॉक्टर बन गया था। वह अब विदेश जाने की तैयारी कर रहा था। माँ ने बहुत समझाया पर नहीं माना और एक दिन वह भी विदेश चला गया। भगवान की करनी..... उसे वहाँ स्टीन मिल गई। राहुल उसे देख कर आकर्षित हुआ क्योंकि भगवान ने उसको इतना सुन्दर बनाया था कि कोई भी उसे देखकर मोहित होता था। राहुल ने स्टीन से दोस्ती कर ली और प्यार इतना बढ़ गया कि शादी तक बात पहुँच गई। स्टीन ने राहुल के आगे शादी का प्रस्ताव रख दिया। राहुल स्टीन के अचानक फैसले पर हैरान था, उसने कहा – "मुझे अपने माता-पिता से सहमती लेनी पड़ेगी। यदि वह मान गए, तो तुम से शादी करूँगा।'' स्टीन इस बात को मान गई।

अलका को जब राहुल का पत्र मिला तो वह परेशान हुई। वह पहले ही अपने पति को खो चुकी थी। वह सोचने लगी कि विदेश जाकर राहुल भी वहाँ शादी करके मुझे भूल जाएगा। नहीं..... मैं अपने बेटे को खोना नहीं चाहती हूँ। उसने फिर सोचा कि राहुल तो मानेगा नहीं। उसने यही फैसला लिया कि यदि वह शादी करेगा तो स्टीन को भारत में ही ले आएगा और फिर कभी भी विदेश वापस नहीं जायेगा। राहुल को जब माँ का उत्तर मिला, तो उसने भी स्टीन के सामने यही शर्त रखी कि यदि वह उसे शादी करना चाहती है, तो हमेशा के लिए उसके साथ भारत आना होगा, तभी यह शादी मंज़ूर होगी। स्टीन ने जब यह शर्त सुनी, तो पहले वह हिचकचाई, परन्तु वह राहुल को खोना नहीं चाहती थी। इसलिए उसने भी अपने माँ-बाप से सहमति ली और शादी का दिन पक्का कर लिया।

शादी के दिन स्टीन ने अपने सभी मित्रों को बुलाया, उनमें राजन (राहुल का पिता) भी एक थे। स्टीन ने राहुल को सबके साथ मिलाया। ज्यों ही राजन राहुल से मिला, तो उसे लगा कि ये चेहरा जाना-पहचाना सा लगता है। उससे रहा न गया, तो उसने राहुल से पूछा - "आप भारत में कहाँ रहते हो?" राहुल ने अपना पूरा परिचय दिया। यह सुनकर राजन की पाँव तले ज़मीन निकल गई, क्योंकि वह समझ चुका था कि राहुल उसका ही बेटा है। राजन जल-भुन गया और स्टीन का भरी सभा में भांडा फोड़ डाला। राहुल तो अभी तक बेखबर था। राजन ने कहा - "यह धोखेबाज़ औरत है। इसने पहले मुझे फँसा कर धोखा दिया और अब यह तुझे धोखा देना चाहती है। बेटा इसकी चाल से बचो।" अब स्टीन से रहा न गया और उसने कहा "सुनो राहुल, मैं राजन की सच्चाई तुम्हारे और सब के सामने रखती हूँ। राजन तुम्हारे डैडी हैं। जब यह यहाँ आए तो इन्होंने मेरे साथ प्यार जताना शुरु किया। मैंने भी इनसे बहुत प्यार किया, यह जानकर कि ये शादी शुदा नहीं हैं। एक दिन ये कहीं

गए हुए थे कि मैं इनके केबिन में चली गई। वहाँ मैंने इनकी पत्नी का पत्र देखा। वह मैंने पढ़ा जिस में तुम्हारे बारे में और अलका की दुःख भरी दास्ताँ लिखी थी। मुझे बड़ा दुःख हुआ। मैंने अपने दिल को सख्त बनाया और राजन को ठुकरा दिया तथा शादी से इंकार कर दिया। इन्होंने मेरे साथ धोखा किया था। मैं इनको सबक सिखाना चाहती थी। इसने तो समझा था कि विदेश की नारियों का दिल नहीं होता। वह किसी भी समय किसी से भी प्यार का नाटक कर सकती हैं और वह दूसरों का दर्द नहीं समझती। उनके दिल में ममता नाम की कोई चीज़ नहीं होती। पर यह इसकी नादानी है। हम भी प्यार और ममता भरा दिल रखते हैं।" राजन सब के सामने लज्जित हुआ। उसकी सारी पोल खुल चुकी थी। उसे अपने आप से नफ़रत हो गई। राहुल अपने बाप को नफ़रत भरी नज़रों से देख रहा था। उसके सामने अपनी माँ अलका का दुखी चेहरा सामने आ रहा था कि किस प्रकार राजन ने उसकी माँ को तड़पाया था। उसने स्टीन का हाथ थामा और आगे चल पड़ा। राजन आवाक्-सा देखता रह गया। उसके पास कोई शब्द नहीं था कि वह अपनी गलती का इज़हार करता। वह वहीं बेसुध पड़ा रहा। उसे तब सुध आई जब हाल में कोई नहीं था। वह इस दुनिया में अकेला रह गया।

स्टीन और राहुल ने शादी कर ली और अगले ही दिन वह हमेशा के लिए भारत चले गए। राजन को अपनी करनी का फल मिल गया। अलका का दिल खुशी से झूम उठा, जब उसका राहुल और उसकी बहू स्टीन सामने खड़े थे।

✹

जोगन

मुसीबत में पड़ी वंदना को आज घर से बाहर गए दो दिन हुए थे पर रमण का कोई अता-पता नहीं था। उसने वंदना को एक गुप्त स्थान पर मिलने को कहा था। बहुत इंतज़ार करने पर भी जब रमण नहीं आया तो वह बहुत परेशान हो गई। यह सोचकर कि अब घर कैसे जाए और अपने माँ-बाप को क्या मुँह दिखाए, वह निराश होकर दूर एक नदी के पास चली गई। वहाँ कुछ साधू बैठे थे। वंदना भी वहीं जाकर बैठ गई। उन साधुओं में कुछ औरतें भी थीं। वंदना ने उनसे कुछ सहायता माँगी। उसने कहा - "वह अनाथ है, उसका इस दुनिया में कोई नहीं है।" उन औरतों को उस पर दया आई। उन्होंने कहा - "आप दुनिया का मोह छोड़कर हमारे साथ आ जाओ।" वंदना ने यही ठीक समझा क्योंकि पुलिस को उसकी तलाश थी। यही एक रास्ता छुपने का था। उसके परिवार वाले बहुत परेशान थे, पर उसकी सौतेली माँ को उसकी कोई चिंता नहीं थी।

वंदना अपनी सौतेली माँ के व्यवहार से बहुत तंग आ चुकी थी। उसने अभी-अभी बी०ए० की परीक्षा समाप्त की थी। कॉलेज के समय में वह एक दिन पिकनिक पर गई थी। वहाँ उसकी रमण से पहली मुलाकात हुई। दोनों के दिल आपस में मिल गए। बस फिर क्या था, मुलाकातें शुरू हुईं। वंदना ने रमण को अपने बारे में सब कुछ बता दिया। उसकी सौतेली माँ के व्यवहार के बारे में भी बताया। वह बहुत तंग आ चुकी थी और दुःखी थी। एक दिन रमण ने कहा - "मुझसे शादी करोगी?" वंदना का सिर झुक गया। वह रमण से शादी के लिए तैयार थी, पर वह घर में कहने का साहस नहीं कर सकती थी। रमण ने कहा - "मैं तुमसे बहुत प्यार करता हूँ। मुझे लगता है कि तुम्हारे घरवाले इंकार कर देंगे। ठीक तो यही रहेगा कि हम कोर्ट में ही शादी कर लें।" और एक दिन आया जब रमण ने वंदना को हमेशा के लिए घर से निकलने को कहा, पर किस्मत कब साथ देती है। वह नदी पार करने से पहले ही मझधार में बह गयी।

साधुओं की टोली को दूसरे तीर्थ स्थान पर जाना था। उन्होंने वंदना से कहा - "तुम भी जोगी वस्त्र पहनो और चलो हमारे साथ।" वंदना तो घर से बचने के लिए तैयार थी। इसके बगैर अब और कोई चारा नहीं था। रमण का तो कहीं पता ही नहीं था। उसने यही उचित समझा। भगवान का ध्यान करना ही ज़िन्दगी के लिए अच्छा है। मन जल रहा था। उसे कुछ समझ नहीं आ रहा था कि क्या करे! न जाने रमण उसे छोड़कर कहाँ चला गया। उसके मन में कईं विचार उठने लगे। वह यही सोचने लगी कि मुझे अनाथ समझकर कहीं उसने धोखा तो नहीं दिया। उस के मन में कभी नफरत तो कभी प्यार रमण के लिए था। वह कुछ समझ नहीं पा रही थी।

साधुओं की टोली के साथ वह दूसरे शहर में पहुँच गई। जोगी लिबास के कारण रास्ते में उसे किसी ने भी नहीं पहचाना। दिन बीतते गए, आश्रम में रहकर वह वेदों का अभ्यास करने लगी। संसारिक मोह त्याग कर वह ईश्वर भक्ति में लीन हो गई। उसके मन में पुरुषों के प्रति घृणा उत्पन्न होने लगी जब कि आश्रम में कई साधू पुरुष भी थे। वंदना को उनमें भी कई बुरी दृष्टि वाले नज़र आए। वह अपनी आस्था में लीन थी। उनकी ओर ध्यान नहीं देती थी।

रमण एक मस्त लड़का था। वह अभी तक प्यार से अनजान था पर वंदना को देखते ही उसके मन में प्यार आ गया। घर वाले कई बार शादी के लिए कह चुके थे, पर हर बार वह यही कहता था कि अभी मुझे शादी नहीं करनी है। अभी मैं पढ़ना चाहता हूँ पर जब वंदना को देखा, उसके मन में शादी का इरादा आया। पहले उसने वंदना से सहमति ली और अपने माँ-बाप से कहा – "मैं अब शादी करना चाहता हूँ। मैंने लड़की देख ली है।" इस बात से वह ज़रा भी नहीं झिझका। माँ को उसने वंदना के बारे में सब कुछ कहा कि वह घर में सौतेली माँ की सताई हुई है। माँ ने कहा - "कोई बात नहीं, हम लड़की वालों के घर जाएंगे और वंदना का हाथ माँग लेंगे। हमें किस बात की कमी है। तूने शादी के लिए 'हाँ' कर दी, यही हमारे लिए खुशी की बात है। हमें किसी दहेज वगैरह की ज़रूरत नहीं है।" रमण की माँ अपने पति से कह रही थी "हम लड़की वालों के घर बात करने जा रहे है।" उन्होंने कहा "शुभ काम के लिए देर किस बात की।" वह दोनों रमण के साथ वंदना के घर चले गए। वंदना के घर पहुँचने पर पता चला कि वहाँ केवल माँ है, बाकी कहीं बाहर चले गए हैं। रमण की माँ ने बात छेड़ दी "बहनजी हम आप की बेटी वंदना का हाथ माँगने आए हैं।" इतना सुनते ही माँ ने रोना शुरु किया - "हाय। हमारी बेटी ने तो हमारी नाक कटवाई है। वह कई दिनों से लापता है। उसने हमारी इज़्जत मिट्टी में मिला दी है।" इतना सुनते ही रमण का दिल काँप उठा। उसने सारा दोष अपना ही माना और माँ से कहा - "उठो, चलते हैं।"

रमण बहुत दुखी था। वह अपने आप के कोसने लगा और खुद को ही दोषी समझने लगा। यह बात उसने अपने दिल में ही रखी थी। किसी को बताता तो उसे ही बन्दी बना कर ले जाते, क्योंकि पुलिस वंदना को ढूँढ रही थी। रमण ने वंदना को ढूँढ़ने की काफी कोशिश की, पर उसका कहीं पता ही नहीं चला। रमण के मन में कई बुरे विचार उठे - हो सकता है वंदना ने आत्माहत्या की हो या इस शहर से कहीं दूर चली गई हो। वह कुछ समझ नहीं पा रहा था। वह अब अन्दर ही अन्दर घुटता जा रहा था। भगवान से यही प्रर्थना करता था कि वंदना का कहीं पता चल जाए। सब बेकार था, समय बीतने में देर नहीं लगती।

रमण के लिए कई रिश्ते आते गए, पर वह सब को ठुकराता गया। उसके माँ-बाप उसे मनाते-मनाते बहुत दुखी हुए। आखिर हार कर उस ने 'हाँ' कर दी। शादी का दिन आ गया। बारात दुल्हन के घर चली गई, परन्तु लड़की मंडप पर नहीं आई। वह कमरे से गायब थी। विवाहमंडप पर हलचल मच गई। बात यह हो गई थी कि लड़की और किसी को पसंद करती थी। पर लड़की के माँ- बाप ने उसकी शादी ज़बरदस्ती रमण से करनी चाही। इस कारण वह लगन के दिन ही घर से भाग गई। कुदरत की करनी, लड़की काफी सारा सोना वगैरह पहनी हुई थी, तो रास्ते में उसको लुटेरों ने उठा लिया था। उसकी आँखों पर पट्टी बाँधी गई और गाड़ी में बिठा कर एक अनजान जगह पर ले गए। वहाँ उसकी आँखों की पट्टी खोल दी गई। उसके सारे गहने उतार कर सब फरार हो गए। वह असहाय क्या कर सकती थी। वह बेसुध हो गई, उसके मुँह से यही आवाज़ निकली - "रमेश मुझे बचा लो।" लेकिन वहाँ कोई नहीं था।

रमण की बारात वापस चली गई। उसने अपनी किस्मत को कोसा, उसके परिवार वाले भी लज्जित होकर घर वापिस आ गए। वह तो यही सोच रहा था कि वंदना की बद्दुआएं उसे लगी हैं। मैंने एक भोली-भाली लड़की को धोखा दे दिया। उसकी सज़ा मुझे मिल गई।

वह लड़की (आशा) जिस की रमण से शादी होनी थी, उस अनजान स्थान से निकल पड़ी। वह स्थान घने पेड़ों और झाड़ियों से भरा था। उसे समझ नहीं आ रहा था कि वह कहाँ जाए। चारों ओर घनघोर अँधेरा था। कहीं कोई नज़र नहीं आ रहा था। वह डर के मारे भागने लगी और धड़ाम से नीचे गिर गई। उसकी साँस फूल रही थी। उसको कोई होश नहीं रहा। जब उसे होश आया तो उसने अपने आपको एक कमरे में पाया। सामने कोई अजनबी था। आशा ने अपने आपको झट से संभाला और उसे देखकर कहा - "तुम कौन हो? मुझे अपने घर जाने दो।" अजनबी ने कहा - "मैं जंगल से लकड़ियाँ काटने गया था और तुम्हें रास्ते में बेहोश पाया। इसी कारण तुम्हें यहाँ लाया। कहाँ है तुम्हारा घर? मैं भी यहाँ इस अनजान जंगल में अकेला हूँ। मुझे एक दिन कुछ अज्ञात व्यक्तियों ने लूटा और बेहोश करके इस जंगल में फेंक दिया। होश आने के बाद मैंने अपना घर ढूँढ़ने की बहुत कोशिश की, पर आजतक नहीं मिला। तुम भी कोशिश करके देख लो, हो सकता है तुम्हें मिल जाए।" आशा का दिल टूट गया। उसे निराशा ही हाथ लगी क्योंकि जंगल काफी घना था। कोई रास्ता नज़र नहीं आ रहा था कि शुरुआत कहाँ से करे। उसे इस घने जंगल से डर लगने लगा। वहाँ तो केवल शेर-चीते ही रह सकते थे जिनसे बचना नामुमकिन था। आजतक उन लुटेरों ने जितने भी लोग लूटे थे, उन्हें इसी जंगल में जानवरों ने खाए थे। जंगल में मानव हड्डियों के ढ़ाँचे पड़े थे। यह दो ही केवल अभी तक बच पाए थे। मरता क्या न करता। आशा ने भी उस अजनबी के साथ रहने का निश्चय किया। वह

लड़का किसी अमीर घराने का था, जो बेचारा कई महीनों से इस जंगल में पड़ा अपने घर जाने की कोशिश में था। उसके घरवाले भी उसे ढूँढ़-ढूँढ़ कर परेशान थे।

अजनबी जंगल से कुछ कंद-मूल लाया और आशा को दिया। उसे बहुत भूख लगी थी। उसने आग जलाई और खाना बनाया और अपनी भूख मिटाई। अजनबी दिन भर घर का रास्ता ढूँढ़ने में निकलता और आशा अतीत में खोई रहती। उसे बाहर जाने का साहस नहीं था क्योंकि वह बहुत डरी हुई थी।

इधर रमण ने अब शादी न करने का फैसला किया। जब भी उसने शादी करने का इरादा किया, कोई न कोई अड़चन आ गई। उसने प्रण किया कि वह कुँवारा ही रहेगा। माँ-बाप कुछ कह नहीं सके। वे दोनों परेशान थे।

रमण को हर समय वंदना की याद सताती थी, वह भुलाने की बहुत कोशिश करता पर भुला नहीं पाता। उसको पुलिस में नौकरी मिल गई। यह तो खुशी की बात थी, पर वह खुश नहीं था। हर समय उसको वंदना का ग़म सताता था, चाहे घर में या ऑफिस में।

आज जब वह आफिस से आया तो उसने अपनी माँ से कहा – "माँ मेरे कपड़े पैक करके रख देना, मुझे कुछ महीनों के लिए काशी जाना है। मुझे वहाँ एक स्पेशल केस मिला है इसलिए मुझे जल्दी ही वहाँ पहुँचना हैं।" माँ बेचारी 'न' कह नहीं सकती थी क्योंकि मुश्किल से नौकरी मिली थी। उसने सोचा शायद उसका बेटा वहाँ खुश रहे। माँ ने घर के कामों से निपट कर सामान रखना शुरु किया। रमण ने कहा - "अभी थोड़ा सामान ले जाऊँगा, कुछ दिनों के बाद और सामान ले जाऊँगा।" अगले ही दिन रमण काशी चला गया।

रमण ने अपने आफिस में ज्वाईनिंग रिर्पोट डाल दी। ऑफिसर ने उसे अपने पास बुलाया और कहा - "देखो रमण, यह एक उलझा हुआ केस है। इसे सुलझाना बड़ा ही कठिन है। यहाँ एक आश्रम है, जहाँ कई साधु-संत रहते हैं। मसला ये है कि साधु के वेश में कुछ बदमाश हैं। उन बदमाशों में से एक ने कल्पना नाम की जोगन के साथ छेड़खानी की है। कुछ ऐसी स्त्रियाँ इस आश्रम में हैं जिन्होंने संसार को त्याग दिया है और भगवान भजन में लगी रहती हैं, पर इन बदमाशों ने तो हर जगह अपना अड्डा जमा के रखा है। उस कल्पना नाम की जोगन ने उनकी खूब पिटाई की है। वह साधवी तो बहुत सख्त है, जिस कारण आश्रम में बहुत खलबली मची हुई है। केस पुलिस थाने में दर्ज हुआ है। यह केस मैं तुम्हें सौंप रहा हूँ। यह तुम्हारा पहला केस है, इसलिए सोच-समझकर काम करना। उस बदमाश की खोज करना क्योंकि वह फरार हो चुका है।"

अगले ही दिन रमण कुछ पुलिस कर्मियों के साथ आश्रम चला गया। तहकीकात शुरु हुई। आश्रम के महंत को बुलाया गया और सारा किस्सा शुरु से अंत तक सुना - "साहब, इस आश्रम को 30 साल हुए हैं। आजतक तो कोई ऐसा मसला

नहीं हुआ पर पिछले साल यहाँ कुछ नये, दो-चार युवक साधु आए हैं जिनमें से एक ने कल्पना साधवी से छेड़खानी की है।" महंत ने उनमें से तीन युवक साधुओं की ओर संकेत किया। रमण ने आदेश दिया इन तीनों को थाने ले आओ। रमण ने जाते-जाते उस महंत से कहा - "क्या हम कल्पना जी से बात कर सकते हैं?" महंत ने उत्तर दिया – "साहब, वह किसी भी पुरुष के सामने नहीं आती है। केवल अपने भजन में लीन होती है। फिर भी मैं उसे आपके पास बुलाने की कोशिश करुँगा।" एक शिष्य से कहा - "कल्पना देवी को यहाँ बुलाओ।" शिष्य चला गया। कल्पना ने तो पहले आने से इन्कार किया, परन्तु आरोपी को सज़ा दिलाने के लिए आना पड़ा। उसने घूँघट में अपना मुँह छुपा लिया और पुलिस के सामने आ गई। कमरे में आते ही उसके पाँव वहीं रुक गए। वह काँप गई। उसके पाँव डगमगाने लगे जब उसकी नज़र रमण पर पड़ी। उसे यकीन नहीं हुआ कि क्या यह उसी का रमण है या उसकी शक्ल का कोई दूसरा व्यक्ति है, जो पुलिस की वर्दी में था। कल्पना ने अपनी साड़ी का पल्लू और नीचे किया और अपना मुँह पूरी तरह छुपा लिया। वास्तव में यह वंदना ही थी, जिस ने आश्रम में अपना नाम बदल दिया था ताकि उसे कोई पहचान न सके। रमण ने बयान लेना शुरु किया। वंदना ने अपनी आवाज़ को थोड़ा बदला और जवाब दिया। रमण के जाने के बाद वंदना के मन में तूफ़ान उठने लगा। उसने सोचा कि रमण तो खुशी की ज़िन्दगी जी रहा है और मेरा जीवन मुसीबत में डाल दिया है। आज मैं उसके साथ होती तो खुशी का जीवन बिताती। वह तो दूसरों के फैसले करता है, पर अपनी गिरेबाँ में नज़र नहीं डालता है जो नापाक है..... जो दूसरों को धोखा देकर खुद अय्याशी का जीवन बिता रहा है। आज रमण को देख कर उसके ज़ख्म फिर से ताज़ा हो गए। वह बहुत दुःखी हुई। उसको अपने केस का कोई ध्यान नहीं रहा। वह तो रमण को देख कर भूल गई। उसने मन में ठान लिया कि वह उससे बदला लेकर रहेगी।

अगले ही दिन पुलिस फिर आश्रम में आ गई। उन्होंने कुछ लोगों को पकड़ा था और कल्पना से कहा - "क्या आप इनमें से किसी को पहचान सकती हो, जिसने आप के साथ बुरा व्यवहार किया?" परन्तु उनमें उसकी पहचान का कोई नहीं था। इसी प्रकार कल्पना को दूसरे दिन गाड़ी में बिठा कर शिनाखत के लिए थाने ले गये। रमण भी उसी गाड़ी में कल्पना के साथ ही बैठा था। गाड़ी चल पड़ी, रास्ते में कल्पना रमण को चोरी से निहार रही थी। उसे अपने अतीत की परछाई नज़र आ रही थी। वह उसी में खोई थी। गाड़ी ने ब्रेक दी। रमण ने कहा - "देवी जी उतरिये, हम थाने पहुँच गये हैं।" वंदना ख्यालों की दुनिया से वापस आ गई और रमण के साथ अन्दर चली गई। वंदना के सामने मुज़रिमों को खड़ा किया गया और कहा - "क्या इनमें से कोई आपका गुनहगार है?" परन्तु उनमें से भी कोई नहीं था जो उसका मुज़रिम था। गाड़ी आश्रम की ओर जाने लगी, रास्ते में वंदना ने बात छेड़ दी- "आपका नाम क्या

है?" "जी, रमण श्रीवास्तव।" "क्या आप मुज़रिम को पकड़ सकोगे?" रमण ने उत्तर दिया "कोशिश तो जारी है।" रमण ने फिर कहा – "क्यों, आपको हम पर भरोसा नहीं है?" "वह मैं नहीं कह सकती। अभी तक तो निराशा ही हाथ लगी है क्योंकि यह मर्द जाति ही ऐसी है जो औरतों पर हमेशा ज़ुल्म करते आ रहे हैं।" रमण को यह बात चुभ गई और कहा - "आप एक गुनाहगार के लिए सबको क्यों दोष दे रही हैं?" वंदना ने कहा - "जब मेरे साथ हमेशा ऐसा ही हुआ, तो क्यों न दोषी ठहराऊँ। सुना था औरतें बुराई की जड़ होती हैं, पर ऐसा नहीं है। मुझे तो मर्द ही ज़्यादा बुरे दिखाई देते हैं।" वंदना ने कहा। रमण को वंदना की आवाज़ कुछ जानी-पहचानी सी लग रही थी पर समझ नहीं पा रहा था।

वंदना को चिंता सता रही थी कि दुनिया कैसी है। यदि कोई इस दुनिया से वैराग्य लेना चाहे, तो वह किसी शांत जगह पर जाता है या किसी तीर्थ स्थल पर जाता है परन्तु ज़माना इतना बदल गया है कि अब वहाँ भी पूरी शुद्धता नहीं है। वहाँ भी चोर-लुटेरे वेश बदल कर अपना धंधा चलाते हैं। यह दुनिया कैसी है, यहाँ कोई भी अपने दिल का चैन नहीं पा सकता है। इन्हीं विचारों में खोयी-खोयी उसकी आँख लग गई।

रमण जब घर पहुँचा, तो वह कल्पना के बारे में सोच रहा था। उसे उसकी बातें कुछ अजीब सी लगीं और सोचने लगा कि सच में मर्द जाति बुरी होती है। उसे लगा कि कल्पना जी सही कह रही थीं, मैंने भी तो एक देवी जैसी लड़की को धोखा दिया है। मुझे ऐसा नहीं करना चाहिए था। मुझे उसे ढूँढ़ लेना चाहिए था। न जाने कौन ले गया मेरी वंदना को। मेरी किस्मत में यही लिखा था, सो मुझे अब सहना पड़ेगा और दु:खी जीवन बिताना पड़ेगा। रमण की माँ को उसकी बहुत याद आ रही थी। आखिर माँ का दिल ऐसा ही होता है जो अपने बच्चों के बिना रह नहीं सकती। वह कुछ दिनों के लिए रमण के पास चली आई। रमण का दिल भी माँ के आने से थोड़ा लगने लगा।

इधर आशा को उस अजनबी के साथ कई दिन बीत गए पर अभी तक उन दोनों को अपने घर का रास्ता नहीं मिला। अजनबी ने एक दिन पूछा - "आपका नाम क्या है?"

"आशा" .....उत्तर मिला।

"आप का नाम?"

"मेरा नाम दिवाकर है।"

"क्या मैं आपको आपके नाम से पुकार सकता हूँ?"

"क्यों नहीं!" आशा ने कहा। य

आशा का दिवाकर के सिवाय वहाँ कोई नहीं था, जिसे वह अपना कह सकती। वह उसी पर निर्भर थी। एक दिन दिवाकर जंगल में कहीं दूर चला गया, उसे आने में थोड़ी देर हो गई। आशा की तो जान ही जाने लगी। वह रोने लगी, इतने में दिवाकर आ गया और आशा को रोते देखकर परेशान हो गया। कहा - "आप क्यों रो रही हैं?" आशा ने कहा - "मुझे इस भयानक जंगल में ड़र लगता है।" दिवाकर ने उसके सिर पर हाथ रखा और कहा - "मैं तो इसी कोशिश में लगा हूँ कि कब हम इस मुसीबत से छुटकारा पाएं। खैर उठो, खाना बनाओ, भूख लगी है।" दिवाकर ने ऐसे कहा जैसे वह कोई उसकी अपनी हो। आशा को बुरा नहीं लगा, उसे भी लगा कि उसका कोई अपना है।

इधर रमण इसी कोशिश में था कि अपराधी का कहीं पता लग जाए। आज फिर कुछ अपराधियों को थाने में लाया गया। बहुत मार-पीट के बाद एक अपराधी निकला जिसने आशा का अपहरण किया था। आशा के घर वाले उसे ढूँढ़-ढूँढ़ कर थक चुके थे। रमण को कुछ आशा की किरण नज़र आने लगी। उस अपराधी के ज़रिए उसने बाकी अपराधियों को भी गिरफ़्तार किया। यहाँ तक कि वे उस जंगल तक पहुँच गए।

आज दिवाकर आशा को जंगल में एक छोर पर ले गया था क्योंकि अब वह दोनों बहुत तंग आ चुके थे और आशा को भी अकेले डर लगता था। वह दिवाकर के बिना रह नहीं सकती थी। चलते-चलते थकावट के कारण आशा कभी दिवाकर का हाथ पकड़ती थी तो कभी उसके कंधे पर सिर रख देती थी। उन दोनों ने निश्चय किया कि अब एक-दूसरे का सहारा बनेगें। थोड़ी थकान कम करने ले लिए वह एक स्थान पर रुक गये। इतने में ऊपर से हेलिकाप्टर की आवाज़ सुनाई दी। दोनों चौंक गए और असमंजस में पड़ गए.... कोई दुश्मन है या कोई हमारा शुभ-चिन्तक। हेलिकाप्टर जंगल का चक्कर काटने लगा। वह दोनों खड़े हो गए और अपने दोनों बाज़ू यही सोच कर ऊपर उठाये कि जो कोई भी होगा, हमें देखकर इस नर्क से तो छुटकारा दिला सकता है। इतने में हेलिकप्टर उनकी ओर आने लगा। इन दोनों की जान में जान आ गई। रमण के सारे साथी हेलिकाप्टर से उतरे और उन दोनों की ओर बढ़े। आशा ने रमण को देखा। दोनों एक-दूसरे को देख कर हैरान हो गए, पर सब के सामने कुछ कह नहीं पाए। दिवाकर ने आशा का हाथ पकड़ा और आगे बढ़ा। दोनों को हेलिकाप्टर में बिठाया गया और थाने ले गए। दोनों ने अपने घर का पता बताया। घर वाले उन्हें लेने थाने आ गए। रमण घर आया तो अपनी माँ को सारा किस्सा सुनाया। माँ ने कहा - "आशा तो इतने दिन पराये मर्द के साथ रही। वह अब तेरे काबिल नहीं रही है, इसलिए तू अब उसका ख्याल छोड़ दे।" रमण क्या कहता। उसका दिल पहले से ही उदास था, जब उसने आशा को दिवाकर के साथ हाथों में हाथ डाले देखा था। रमण ने आशा का ख्याल दिल से निकाल दिया। दूसरे दिन वंदना

को थाने पर शिनाख्त के लिए लाया गया। परन्तु आज भी वंदना निराश थी। उनमें से कोई पहचान वाला नहीं था जो वंदना का अपराधी हो। आश्रम जाते वंदना ने फिर बात छेड़ दी - "सर, आप नारी जाति पर विश्वास करते हैं।"

"हाँ, मैं तो करता हूँ, पर आप मर्दों पर विश्वास नहीं करती।" रमण ने कहा।

वंदना ने कहा - "हाँ, मैं मर्द जाति पर विश्वास नहीं करती। मैं आप से एक बात पूछूँ?"

"हाँ।"

"क्या आप शादीशुदा हैं...." पर बीच में ही बात रोक ली।

रमण ने कहा - "जी नहीं। क्यों? आप क्यों पूछना चाहती हैं।" रमण को शक हुआ। उसने सोचा आखिर वह क्यों मुझसे यह बात पूछ रही है।

वंदना ने कहा - "कुछ नहीं.... यूँ ही। अभी आप को नारी जाति से पाला नहीं पड़ा है।" आश्रम आ गया और वह अन्दर चली गई।

वंदना को चैन नहीं आ रहा था। अब तो वह इसी सोच में डूबी थी कि रमण ने अबतक शादी क्यों नहीं की है। क्या वह अभी भी मेरा इंतज़ार कर रहा है या और कोई बात है। उसे रात भर नींद नहीं आई। उसका दिल बार-बार यही कह रहा था कि रमण निर्दोष है, पर कभी उसका दिल कहता फिर क्यों धोखा दिया और इस दशा पर पहुँचा दिया। उसके मन में कई सवाल उठने लगे।

एक दिन केस के सिलसिले में रमण आश्रम आया तो अचानक उसकी नज़र वंदना पर पड़ी, जो उस समय मुँह ढ़ँकना भूल गई थी। वह सहम गया। क्या यह वंदना है जो एक जोगन का वेश धारण किए हुए है? इतनी देर में ही वंदना अन्दर कमरे में चली गई। उसकी तेज़-तेज़ सांसे चल रही थीं। अब वह क्या करे। रमण को कौन-सा मुँह दिखाए। क्या वह उसे बेदर्द–फरेबी समझेगा। पर मेरा क्या कसूर, मैं तो विवश थी। मैं उस समय क्या करती, कहाँ जाती। रमण ने महंत जी से कहा - "आप कल्पना जी को बुलाएं। थाने में और कुछ अपराधी लाए गये हैं, हो सकता उनमें से कोई दोषी निकले।" महंत ने कल्पना को बुलावा भेजा। कुछ ही देर में वह लम्बा-सा घूँघट डाले हुए आ गयी। रमण खड़ा हुआ और उसे अपने साथ चलने को कहा। वह चुपचाप उसके साथ चल पड़ी। रास्ते में रमण ने बात छेड़ दी जो अबतक वह छुपाए हुए था -"कल्पना जी, क्या मैं आपसे एक बात पूछ सकता हूँ?"

वंदना ने कुछ सहमते हुए उत्तर दिया - "जी।"

"आपके आश्रम में आज मैंने एक लड़की को देखा, जिस का नाम वंदना है। क्या आप मुझे उससे मिला सकती है?"

कल्पना ने कहा - "हमारे आश्रम में वंदना नाम की कोई लड़की नहीं हैं पर आप क्यों उस से मिलना चाहते हो।" वह धीरज रख कर बोली।

"कल्पना जी। न जाने मुझे क्यों आपसे सच्चाई छुपाने को जी नहीं करता। मैं उस लड़की को जानता हूँ.... " और सारी बातें बता दी। वंदना का दिल टूट गया। वह अपने आप को दोषी ठहराने लगी। क्या करे ? वह दुविधा में पड़ गई। रमण निराश हुआ। आज भी किसी अपराधी की पहचान नहीं हो सकी। कल्पना ने जाते हुए कहा - "कोई बात नहीं, मैं उसे ढूँढ़ने की कोशिश करुँगी।"

माँ ने रमण से कहा - "बेटा तू आज उदास क्यों है ?" रमण ने वंदना के बारे में बताया। माँ ने हैरान होकर कहा - "बेटा हमने तो आजतक उसको देखा नहीं है कि कैसी है वह, उसकी सूरत कैसी है। तुम कोई ऐसा तरीका निकालो कि हम भी उसे देख सकें। यदि उसे यहाँ लाने का उपाय निकला, तो मुझे बहुत खुशी होगी कि रमण को वंदना मिल गई।" पर उसने कहा - "आश्रम में वंदना नाम की कोई लड़की ही नहीं है।"

"हो सकता है उसने अपना नाम बदला हो।"

"अब हम इतने बड़े आश्रम में उसे कहां ढूँढें।" वह बहुत परेशान हुआ।

रमण चाहता था कि वह वंदना को आश्रम में ढूँढ़ निकाले पर वहाँ जाना मना था, खासकर स्त्रियों के पास जाना सख्त मना था। उसकी माँ ने एक दिन कहा - "बेटा, क्यों न मैं आश्रम चली जाऊँ वहाँ के महंत से आर्शीवाद लेने। इसी बहाने वंदना का भी पता कर लूँ।" वे दोनों एक दिन आश्रम चले गए। रमण ने माँ को महंत से मिलवाया। उसने रमण की माँ की बहुत इज़्ज़त की और आशीर्वाद दिया।

माँ अब रोज़ आश्रम जाने लगी। वहाँ भजन सुनती थी। भजन गाने वाली कोई और नहीं, बल्कि वंदना थी जिसकी सुरीली आवाज़ ने उसका दिल चुरा लिया। एक दिन रमण की माँ उस जोगन के पास गई और उसकी तारीफ की, साथ में उसका नाम पूछा - "जी माँ, मेरा नाम कल्पना है।"

माँ ने कहा - "आवाज़ के साथ नाम भी सुन्दर है।"

कल्पना ने कहा - "माँ जी, मैं यहाँ नित्य भजन करती रहती हूँ। मुझे तो भगवान का भजन करना ही अच्छा लगता है।"

इसी बीच माँ ने कहा - "बेटी क्या यहाँ वंदना नाम की कोई लड़की है ?"

वह नाम सुनकर सहम गई और कहा - "जी, मुझे मालूम नहीं।" थोड़ी देर रुककर कहा - "क्यों आपको उससे क्या काम है ?"

"कुछ नहीं बेटी, यूँ ही। मेरे बेटे रमण ने उसको यहाँ देखा। क्या पता उसकी आँखों को धोखा हुआ हो !"

वंदना ने कहा - "आपके बेटे को उससे क्या काम है, जो वह उसे ढूँढ़ता है?"

माँ ने कहा - "क्या बताऊँ बेटी। मैं अपने बेटे के लिए बहुत परेशान हूँ। वह शादी नहीं कर रहा है। वह तो यही कहता है, ना जाने मुझे कब अपनी वंदना मिलेगी।" माँ ने फिर सारा किस्सा सुनाया। वंदना यह सुनकर हताश हुई, जब उसने सुना रमण अभी तक कुँवारा है और उसका इन्तज़ार कर रहा है। माँ जब घर गई तो उसने बेटे रमण से कहा - "बेटा, मैंने कल्पना देवी से वंदना के बारे में कह दिया। वैसे तो उस नाम की वहाँ कोई लड़की नहीं है।"

इधर वंदना के दिल में हलचल होने लगी, जब रमण की माँ ने उसे रमण की दास्ताँ सुनाई। वह यही सोचने लगी कहीं अचानक यदि मुझे रमण ने देख लिया तो मेरी चोरी पकड़ी जाएगी, अब क्या करूँ? वह गहरे सोच में पड़ गई। इतने में महंत ने सब शिष्यों को बुलाया और कहा - "कल हम रामेश्वरम की यात्रा पर जा रहे हैं। एक महीने के लिए वहाँ सत्संग और प्रवचन होगा।" यह सुनकर सभी जाने की तैयारी में लग गए। शाम की गाड़ी से निकलना था। शाम का समय हुआ, भोजन का समय था। रमण की माँ आश्रम आ गई। उसने देखा आज कोई भजन नहीं हो रहा है और सभी जाने की तैयारी में लगे हुए हैं। माँ महंत के पास चली गई। महंत ने कहा - "हम रामेश्वरम जा रहे हैं।" माँ का दिल टूट गया। वह जिस कारण से आश्रम आती थी, वह काम तो अधूरा ही रह गया। उसे पूरी आशा थी कि वंदना उसे मिल जाएगी क्योंकि रमण ने उसे पूरे यकीन के साथ कहा था "मैंने उसे अपनी आँखों से देखा था।" इतने में कल्पना देवी वहाँ आ गई और रमण की माँ से मिली। माँ तो बहुत दुखी थी। कल्पना ने माँ की दशा देखी, पर कुछ कहा नहीं।

कल्पना ने बाकी जोगनों से कहा - "मैं स्नान वगैरह से निवृत्त होकर आती हूँ।" यह कह कर वह चली गई। रमण की माँ महंत से इजाज़त लेकर चली गई। रास्ते में उसके पाँव डगमगा रहे थे, वह ठीक से चल नहीं पा रही थी। उसकी आशा पर पानी फिर गया था। वह अपने बेटे के लिए दुखी थी। वह खोई हुई घर जा रही थी। किसी ने पीछे से पुकारा - "माँ जी।" उसने पीछे मुड़कर देखा- "अरे! कल्पना जी आप।"

"हाँ माँ जी।" उसने धीमे स्वर में कहा - "मैं कपड़े बदलने चली गई थी।" माँ को आश्चर्य हुआ। यह जोगन कैसे दूसरे रूप में आ गई। कल्पना ने कहा - "माँ जी, आप हैरान मत हों, मैं ही वंदना हूँ और आश्रम को छोड़कर हमेशा के लिए आप के पास आ रही हूँ।" माँ यह सुनकर हैरान हुई कि क्या कल्पना देवी ही वंदना है। वे दोनों घर पहुँचे। घर जाकर वंदना माँ से लिपट कर बहुत रोई पर ये खुशी के आँसू

थे। रमण जब घर आया तो वंदना को देखकर हैरान हुआ। उसका जी चाहा वंदना को गले लगाए पर माँ के होते अपने आपको रोक लिया। तीनों मिलकर बैठे और अपना सारा हाल सुनाया।

रमण असमंजस में था कि ऑफिस में क्या मुँह दिखाए क्योंकि जो केस वह लड़ रहा था, वह उसकी वंदना का था। उसके मन में एक विचार आया। अगले ही दिन वह ऑफिस चला गया और फिर वहाँ से सीधे आश्रम। वहाँ पहुँचते ही महंत से मिला और कहा - "क्या मैं कल्पना देवी से मिल सकता हूँ?" पर महंत चुप था। रमण ने फिर कहा - "क्या मैं कल्पना देवी से मिल सकता हूँ।" महंत घबराया हुआ बोला - "कल से मैं बहुत दुःखी हूँ क्योंकि कल से कल्पना जी आश्रम से लापता हैं। वह यहाँ से नहाने गई थी और मुड़कर वापस नहीं आई।" रमण ने नकली हैरानी ज़ाहिर की और कहा - "तो ऐसी बात है, वह कहाँ गई होंगी?" महंत ने कहा - "बहुत तलाशने पर उसके वस्त्र नदी के किनारे मिले। इससे यही मालूम होता है शायद वह...।" रमण ने कहा - "यानि आत्महत्या है।" महंत चुप रहा। "साहब मुझे लगता है समाज की गिरी हुई हरकतों से वह तंग आ चुकी थी इसलिए अपने आपको ही समाप्त किया।"

रमण सीधा दफ्तर वापस आया और वहाँ डी.ए.जी को सारा मामला सुनाया। उसने यह केस ही बन्द करवाया। रमण को थोड़ी शाँति मिल गई। सारी बात घर में सुनाई। वह सभी खुश हुए। अगले दिन माँ और वंदना अपने घर चले गए। इसके बाद रमण को भी वापस बुलाया गया। फिर क्या था, दो बिछड़े प्रेमी फिर से मिल गए हमेशा के लिए।

✸

पेंटिंग

माँ ने शैला को कितनी बार पुकारा परन्तु वह अपनी पेंटिंग बनाने में व्यस्त थी। वह जिस काम के लिए बैठती थी, कभी अधूरा नहीं छोड़ती थी और चित्रकारी की बात ही अलग थी। आज प्रदर्शनी होने वाली थी जहाँ शैला का भी चित्र लगना था, इसलिए वह ज़्यादा दिल लगाकर चित्र बनाने में लगी थी। शैला जल्दी से तैयार हुई और घर से तेज़-तेज़ जाने लगी। हाथ में पेंटिंग थी जिसमें मानो कश्मीर की सारी सुन्दरता भरी हुई हो। उसे देर हो रही थी इसलिए वह छलांगे मारती हुई तेज़-तेज़ कदम बढ़ा रही थी। "न जाने इस बार कौन सा पुरस्कार मिलेगा" इन्हीं विचारों में खोई आगे बढ़ती जा रही थी। इससे पहले भी उसको कई पुरस्कार मिले थे। अचानक उसको एक कार से टक्कर लग गई और वह अचेत नीचे गिर गई। लोगों की भीड़ जमा हो गई। इतने में पुलिस भी आ गई। कार वाला कार से नीचे उतरा और अपने किए पर पश्चाताप करने लगा। गलती तो शैला की थी, जो न जाने कहाँ खोई हुई थी। उसको कोई होश नहीं था। इसी बीच शैला की एक सहेली भी वहाँ आ गई और उसने युवक को शैला के बारे में बता दिया। कार वाले युवक ने शैला को उठाया और कार में बैठा कर अस्पताल ले गया। उसकी पेंटिंग उसकी सहेली को थमा दी और कहा "इसे प्रदर्शनी में रख देना।" रास्ते में शैला को कुछ होश आया और बड़बड़ाने लगी "मैं कहाँ हूँ, तुम कौन हो, मुझे कहाँ ले जा रहे हो?" युवक ने कहा - "कुछ नहीं तुम्हारे सिर में थोड़ी चोट आई है। मैं तुम्हें अस्पताल छोड़ आता हूँ।" शैला ने कहा - "नहीं, मुझे नहीं जाना अस्पताल। मेरा वहाँ कौन है।" अस्पताल पहुँचते ही डॉक्टर के देखने पर पता चला कि शैला अपनी याददाश्त खो चुकी है।

ज्यूँ ही युवक जाने लगा, शैला ने उसे जाने नहीं दिया। कहा - "तुम मुझे इस अनजाने शहर में अकेला क्यों छोड़ रहे हो?" इतनी देर में उसकी माँ आ गई। शैला ने माँ को पहचानने से इन्कार कर दिया। माँ फूट-फूट कर रोने लगी। युवक बेचारा परेशान था। शैला उसे छोड़ नहीं रही थी। जब युवक जाने लगा, वह उसके पीछे-पीछे जाने लगी। वह मजबूर था। उसने शैला की माँ से कहा - "आप चिंता मत कीजिए, मैं इसे अपने घर ले जाऊँगा और जबतक यह ठीक हो जाएँगी, वही रहेंगी। आप मुझ पर विश्वास कीजिए।" युवक एक भलामानस व्यक्ति लगता था इसलिए माँ ने भी यही ठीक समझा।

युवक जब शैला को लेकर घर पहुँचा तो उसकी पत्नी ने कहा - "अमर आ गए, इतनी देर तक कहाँ थे।" जब उसके साथ एक अपरिचित लड़की को देखा तो वह हैरान हो गई, कहने लगी - "इतनी रात गये आपके साथ यह कौन लड़की है?"

अमर ने सारी कहानी सुना दी और यह भी कहा - "जबतक यह ठीक नहीं हो जाएगी, यहीं रहेगी।" अमर की पत्नी पहले तो झिझक गई परन्तु क्या करे पति के कारण विवश थी। उसकी पत्नी रमा ने शैला को सहारा दिया और अन्दर ले गई। और कहा - "बहन यहाँ आराम करो।" शैला एक नज़र अमर और दूसरी रमा की ओर देख रही थी। उसकी समझ में कुछ नहीं आ रहा था।

अमर की पत्नी कई सालों के बाद माँ बनने वाली थी और आखिर वह खुशी का दिन आ ही गया, परन्तु विधाता की करनी! बेटे को जन्म देते ही वह इस दुनिया से चल बसी। अमर के ऊपर मानो मुसीबतों का पहाड़ गिर पड़ा। शैला भी बहुत दुःखी हो गई। वह तो यही समझती थी कि रमा उसकी बहन है। इसलिए वह अब बच्चे की देखभाल करने लगी। बच्चा भी शैला से अब हिल-मिल गया। एक दिन बच्चा रेंगता हुआ वरंडे की ओर जाने लगा और गिरने ही वाला था कि शैला की चीख निकल गई - "कहीं बच्चा गिर न जाए।" इस वहम से उसकी याद्दाश्त वापस आ गई। अमर दौड़कर आया और उसने बच्चे को संभाला। शैला केवल अपनी पेंटिंग ढूँढ़ रही थी - "मेरी पेंटिंग कहाँ है?"

अमर ने अपने नौकर को शैला के घर भेज दिया। माँ के आते ही शैला फूट-फूट कर रोने लगी। माँ ने शैला को गले से लगाया और अमर को धन्यवाद दिया कि उसने उसकी बेटी को ठीक किया। जब दोनों माँ-बेटी जाने लगीं तो बच्चा शैला के पीछे -पीछे जाने लगा। तभी अमर ने बच्चे को गोद में उठाया और चुप कराने का बहुत प्रयत्न करने लगा, परन्तु बच्चा चुप हाने का नाम ही नहीं लेता। शैला से अब रहा नहीं गया। उसने बच्चे को अपनी गोद में लिया और माँ से कहा कि मैं अब हमेशा के लिए अमर की होके रहूंगी क्योंकि उसने मुझे नई ज़िन्दगी दी। माँ ने जब यह फैसला सुना तो वह शैला के फैसले से बहुत खुश हो गई। उसे अपनी बेटी पर गर्व होने लगा। अचानक शैला की सहेली आ गई उसके हाथ पेंटिंग का प्रथम पुरस्कार शैला के नाम था जो उसकी सहेली ने तब से अपने पास रखा था। शैला ने जब यह सुना तो वह फूले न समाई और अमर की ओर देखने लगी। अमर को भी एक सहारा मिल गया और बच्चे को भी माँ का प्यार। इस प्रकार दोनों ने एक-दूसरे पर उपकार किया।

✱

ज़िन्दा लाश

कारगिल के युद्ध में सिपाही गिरीश अपना बलिदान दे चुका था। आज दो साल हो गए, वह अपने घर के आँगन में खड़ा था। वहाँ जो भी उसको देखता, वह हैरान हो जाता। किसी को भरोसा ही नहीं हुआ कि गिरीश दो साल बाद फिर से ज़िंदा हो सकता है। कुछ लोग उसे प्रेत समझने लगे पर गिरीश सबको आँखें फाड़ के निहारता रहा। घर के सभी लोग बाहर आ गए, उसके चाचे-ताये वगैरह। कोई उसके पास जाने का साहस नहीं कर पा रहा था परंतु माँ ने जब गिरीश को देखा, तो वह दौड़ी और उसे गले से लगा लिया। माँ का दिल सबसे अलग होता है। वह फूट-फूट कर रोने लगी। गिरीश के भी आँसू निकल आए। यह देख के सभी उसके समीप आ गए। माँ उसे घर के अंदर ले गई। उसने बेटी से कहा - "जा गिरीश के लिए कुछ खाने के लिए ला।" गिरीश ने थोड़ा बहुत खाकर कुछ फल रख दिए। माँ ने कहा – "बेटा तू इतनी देर कहाँ रहा, हमने तुझे बहुत ढूँढ़ा, पर तेरा कहीं पता ही नहीं चला। सब ने कहा कि तू युद्ध में वीरगति पा चुका है। शुक्र है भगवान का कि तू वापस आ गया।" वह खुशी के मारे बोलती जा रही थी पर गिरीश कुछ बोल नहीं पा रहा था। वह चुप-चाप सबकी बातें सुनता रहा। यह देख सभी आश्चर्य में पड़ गए। माँ ने बहुत कोशिश की कि वह कुछ बोले पर वह आवाक् सा सब की ओर देखता रहा।

गिरीश के घर आने पर सभी मुहल्ले वाले आपस में काना-फूसी कर रहे थे। कोई कहता शायद उसने अपनी आवाज़ युद्ध में खो दी है और कोई कुछ और कहता। इससे माँ का दिल टूट गया, उसके पिता भी बहुत दुखी हुए। बहन-भाई तो देखते रह गए।

रात हो चुकी थी, सभी घरवाले सो गए। माँ ने गिरीश को अपने कमरे में ही सुलाया। वह उससे अलग रहना नहीं चाहती थी। उसका खोया हुआ बेटा जो दो सालों बाद घर लौटा था। रात को गिरीश ने अच्छी नींद की। सुबह होने से पहले ही से वह बाहर चला गया। उस समय सभी सोये हुए थे। जब माँ की आँख खुली तो गिरीश को अपने पास न पा कर उसका दिल घबरा गया। वह जल्दी बाहर आई और अपने बेटे को पुकारा परन्तु वह बहुत दूर जा चुका था। माँ का दिल बहुत दुखी हुआ। उसने कई बार पुकारा, परन्तु उसकी आवाज़ कोई नहीं सुन पा रहा था। माँ ने सबको जगाया और गिरीश के बारे में सबको बताया। सब ने उसे इधर-उधर ढूँढ़ा पर वह कहीं नहीं मिला। सभी उदास हो गए। माँ का दिल टूट गया और वह फूट-फूट कर रोने लगी, परन्तु क्या करे! उसकी बेटी ने उसे सहारा दिया और चुप कराया। शाम का समय था, सभी सोने की तैयारी करने लगे। किसी के कदमों की आहट हुई। माँ की धड़कन तेज हो गई। उसे लगा कि उसका बेटा आ रहा है और सचमुच ही गिरीश

सामने खड़ा था। माँ की साँसे वापस आ गईं। उसने झट से अपने बेटे को गले से लगाया और रोने लगी - "कहाँ गया था मेरे लाल। अब मैं तुझे कभी भी जाने नहीं दूँगी।" पर वह एक शब्द भी बोल नहीं पाया।

सुबह होते ही सभी अपने काम पे चले गए कि अंदर से आवाज़ आई - "गिरीश कहाँ है तू।" कोई उत्तर नहीं मिला और मिलता भी कैसे। वह बोल नहीं सकता था। माँ ने बाहर देखा, परन्तु उसका आज भी कहीं पता नहीं था कि वह कहाँ चला गया। माँ का रोना–बिलखना शुरु हो गया। सभी यही कह रहे थे आखिर यह क्या मामला है! मामला तो शक्कावर हो गया।

दिन बीतते गए और गिरीश फिर घर आ गया। माँ ने गले लगाया और पूछा - "तू कहाँ था?" पर आगे से कोई उत्तर नहीं मिला। इस बार सब ने दिल में ठान लिया कि अब हम इसे दुबारा नहीं जाने देंगे। रात का समय था। सभी खा-पी कर सोने लगे। गिरीश भी सो गया पर गिरीश के पिता की आँखों में नींद कहाँ? सुबह चार बजे का समय था। गिरीश नींद से जाग गया और बाहर जाने लगा। ज्योंहि वह फाटक से बाहर जाने लगा, उसके बाप ने उसका पीछा किया। गिरीश आगे-आगे और उसका बाप पीछे-पीछे चल रहा था। चलते-चलते वह एक सुनसान जंगल में पहुँच गया। उसका बाप उसका पीछा करता गया। वे एक घने जंगल में पहुँच गए। जंगल में एक बहुत बड़ा पेड़ था। ज्योंहि गिरीश उस पेड़ के पास पहुँचा, वह धड़ाम से नीचे गिर गया। उसका बाप इतनी देर में वहाँ पहुँच गया। उसने गिरीश को उठाने की बहुत कोशिश की पर सब व्यर्थ था। उसमें जान ही नहीं थी। वह एक ज़िन्दा लाश की तरह वहाँ पड़ा था। उसका बाप ज़ोर-ज़ोर से रोने लगा, पर सब बेकार था। वह निराश घर की ओर जाने लगा। घर पहुँचते ही सबको परेशान पाया। उसकी पत्नी बेसुध पड़ी थी। सभी ने पूछा- "क्या गिरीश का कुछ पता चला?" उसने कहा - "हाँ।" पर कुछ सोचकर कहा - "नहीं तो..... मैंने उसे बहुत ढूँढ़ा पर वह कहीं नहीं मिला।" उसने यहीं सोचा, यदि उसकी पत्नी को अपने बेटे के बारे में पता चलेगा तो वह शायद अपने आपको ही खत्म कर देगी। वह भी बेसुध-सा बैठा रहा। मन-ही-मन अपने टूटे दिल को दिलासा देता रहा।

अगले दिन गिरीश का बाप बिना किसी को बताए उसी घने जंगल में चला गया ताकि गिरीश के मृत शरीर को कहीं दफना दे या जला दे। ज्योंहि वह उस पेड़ के पास पहुँचा वहाँ लाश गायब थी। यह देखकर वह हैरान हुआ कि लाश कहाँ गायब हो गई। वह शक में पड़ गया कि कहीं उसे जंगली जानवर तो नहीं खा गए। इधर-उधर देखने पर कहीं कोई निशान नहीं मिला। वह उदास वापिस घर लौटा। घर आते ही अपनी पत्नी को दिलासा दिया कि जो भगवान की मर्ज़ी होती है वह होकर ही रहती है। इंसान के हाथ में कुछ नहीं है।

आज रक्षा-बंधन का दिन था। हर घर में चहल-पहल थी। गिरीश के घर में मातम छाया था। एक तरफ माँ उदास थी और दूसरी तरफ बहन गुमसुम बैठी थी। शाम का समय था। गिरीश आ गया, वही पहली वाली चाल में। माँ-बहन ने जब उसे देखा, वह बहुत खुश हुए। उसकी बहन अबतक उदास थी। वह जल्दी से उठी और एक छोटा सा धागा लाकर गिरीश की कलाई में बाँध दिया। इतने में पिताजी अन्दर से आ गए और गिरीश को देखकर हैरान हुए। "अरे – मैं कोई सपना तो नहीं देख रहा था?" उनको अपनी आँखों पर भरोसा नहीं हुआ। वह गिरीश के नज़दीक गए और गौर से देखा। "हाँ – यह तो गिरीश ही है। बेटा तुम कहाँ गए थे?" बाप ने पूछा। गिरीश कुछ नहीं बोला। सभी खुश थे कि गिरीश वापिस आ चुका था परन्तु उसका बाप गहरी सोच में पड़ा था। उसे समझ नहीं आ रहा था कि क्या करें! उसे पूरा यकीन था कि यह असली गिरीश नहीं बल्कि उसका हमशक्ल है। दो दिन बाद फिर से गिरीश घर से गायब हो गया और किसी को ख़बर तक नहीं हुई पर उसका बाप उसकी ताक में था। ज्योंहि वह जाने लगा उसका बाप उसके पीछे लग गया। आखिर वे दोनों उसी घने जंगल में पहुँच गए जहाँ गिरीश पहले जा चुका था। गिरीश आगे-आगे और उसका बाप उसके पीछे-पीछे पर आज गिरीश ने वह पेड़ भी पीछे छोड़ दिया और आगे बढ़ता गया। वे एक बड़ी नदी के पास पहुँच गए। गिरीश पानी में उतर गया और आगे बढ़ता गया। उसका बाप भी उसके पीछे पानी में उतर गया यही सोचकर कि पानी ज़्यादा गहरा नहीं होगा। गिरीश बीच नदी में पहुँचा तो वहाँ वह डूब गया। फिर नज़र नहीं आया। उसके बाप ने उसे पुकारा परन्तु वह नदी से बाहर नहीं आया। उसका बाप पानी में हाथ मारता गया पर कुछ हासिल नहीं हुआ। वह थोड़ा और आगे बढ़ा, उसकी टाँग पानी में बहुत गहराई में चली गई। बहुत कोशिश करने पर भी वह नदी से बाहर नहीं आ सका।

जब बाप-बेटा दोनों घर से गायब हो गए तो उनके घर में फिर से मातम छा गया। गिरीश के घर वालों ने उसके बाप को बहुत ढूँढ़ने की कोशिश की परन्तु उसका भी कहीं पता नहीं चला। पुलिस में रिपोर्ट लिखाई गई। कुछ दिनों के बाद बाप की लाश नदी में मिली। यह देखकर उसकी पत्नी को और दुःख पहुँचा। कई दिनों तक वह बेहोशी की हालत में रही। घर में अब कोई कमाने वाला नहीं रहा। बेटी के सिर पर सारा बोझ पड़ गया। उसने पढ़ाई छोड़ दी और लोगों के घरों में काम करने लगी। एक दिन वह काम से आ रही थी। उसने रास्ते में गिरीश को देख लिया। वह 'भैया-भैया' पुकारती रही पर वह रुका नहीं। उसी जंगल की ओर जाने लगा जहाँ वह अक्सर जाया करता था। वह वापस घर की ओर मुड़ी और माँ को सारा हाल सुनाया। यह बात सभी मोहल्ले वालों ने भी सुन ली। उन्होंने निश्चय किया कि वे जंगल की ओर जाएंगे और गिरीश को ढूँढ़ निकालेंगे। आखिर वह जंगल में उस पेड़ तक पहुँच ही गए। परन्तु वहां कोई नहीं था। बहुत इंतज़ार करने पर जब घर को लौटने लगे, तो

उन्हें दूर से गिरीश दिखाई दिया। नज़र पड़ते ही सभी उसकी ओर दौड़ पड़े। गिरीश पेड़ के पास पहुँचा और धड़ाम से नीचे गिर गया। सभी उसके समीप आ गए परन्तु गिरीश में जान ही नहीं थी। वह एक लाश की तरह पड़ा था। उन्होंने थोड़ी हिम्मत की और उसको उठा के घर ले आए। माँ ने जब अपने मृत बेटे को देखा, तो उसे यकीन ही नहीं हुआ कि उसका बेटा मर गया है। वह उसके साथ बातें करने लगी, उसे कोई होश ही नहीं था। वह एक पागल की तरह बोले जा रही थी। सभी परेशानी में पड़ गए कि अब क्या किया जाए। पंडित जी को बुलाया गया। पंडित जी ने कहा - "किसी तांत्रिक को बुलाया जाए।" किसी ने तांत्रिक को बुलाया। जब तांत्रिक ने गिरीश का निरीक्षण किया तो उसकी समझ में कुछ आने लगा। किसी रिश्तेदार ने इतने में डॉक्टर को बुलाया। डॉक्टर ने जब गिरीश का निरीक्षण किया तो उसने कहा - "यह तो दो साल पहले का मरा हुआ है।" सभी हैरान हो गए कि आखिर अब तक यह लाश क्यों नहीं मिली जबकि सब ने उसे ढूँढ़ने की बहुत कोशिश की थी। फिर आशा को छोड़कर सबने यही समझा कि लाश दुश्मनों ने ली हो। तांत्रिक ने कहा कि - "गिरीश का अंतिम संस्कार किया जाए ताकि इसकी आत्मा को मुक्ति मिल जाए। इसका शरीर जो दो सालों से पड़ा हुआ था, उसमें किसी भटकती आत्मा ने प्रवेश किया था, जिसके कारण यह मृत शरीर इधर-उधर भटकता रहता था। जब इसका संस्कार किया जाएगा तो इसको मुक्ति मिल जाएगी।" फिर क्या था, गिरीश का अंतिम संस्कार किया गया। तब से वह कभी भी घर नहीं आया और भटकती आत्मा हमेशा के लिए चली गई। माँ को जब होश आया, तो वहाँ पर दो-चार लोग थे जो उसे दिलासा दे रहे थे।

✹

ज़ालिमों की दुनिया

यह दुनिया अमीर लोगों की है। ग़रीब को कोई पूछता नहीं। अमीर कोई भी गलत काम करे तो जैसे कुछ हुआ ही नहीं। पर ग़रीब तो चक्की में पिस जाता है। शेखर का भी यही हाल था। उसको आज जेल में दो महीने हुए थे। वह यही कहता था - "मैं बेकसूर हूँ।" परन्तु कानून अमीरों के हाथ में है। वे जो फैसला लें, वही माना जाता है। शेखर को एक कत्ल के मामले में उम्रक़ैद की सज़ा दी गई थी। वह इस दुनिया में अकेला था। इसलिए उसे न्याय दिलाने के लिए किसी ने सहायता नहीं की। वह सारा दिन पत्थर तोड़ता था। जेल, दूर एक पहाड़ी की ओर था, बार्डर की ओर। उसे हर समय वह दिन याद आता था जब उसे बीच रास्ते में एक लाश के पास पुलिस ने बिना किसी अपराध के पकड़ा था। वह बहुत चिल्लाया और रोया परन्तु उसकी किसी ने नहीं सुनी। उसे यही न्याय मिला उम्र भर कैद।

पहाड़ी बहुत ऊँची थी। उसके एक तरफ बहुत गहरी खाई थी। उस पार दुश्मनों का देश था। शेखर अपनी ज़िन्दगी से तंग आ चुका था। वह हर समय भगवान को कोसता था। ठीक ही तो है, जब किसी की जान पर बन आती है, तो वह भगवान को ही दोषी ठहराता है। इन्हीं विचारों में खोया वह न जाने कहाँ पहुँच गया। न जाने उसके मन में क्या लहर आई कि उसने हाथ से हथौड़ा फेंका और पहाड़ी के ऊपर भागने लगा। सब कैदी काम में लगे थे। उनकी नज़र पड़ी तो सभी चिल्लाने लगे - "पकड़ो-पकड़ो।" इतने में जेलर भी वहाँ आ गया। उसने भी शेखर का पीछा किया पर इतनी देर में शेखर बहुत ऊपर चढ़ चुका था। कुछ पुलिसकर्मी उसके पास पहुँचने ही वाले थे कि इतने में ही वह पहाड़ी की उस ओर कूद पड़ा। सारे बुत बन कर वहीं खड़े के खड़े रह गये। किसी में इतना साहस न था कि पहाड़ी से कूद कर शेखर को पकड़ सके। ऐसा करने से वह अपनी जान गवाँ सकते थे। शेखर ही एक ऐसा व्यक्ति था जो आज पहली बार जान देने के लिए उधर कूद पड़ा था। सभी निराश होकर पहाड़ी से वापस आ गये। आगे से कोई और हादसा न हो, सरकार ने आदेश दिया कि वहाँ चारो ओर जाली लगा दी जाए, ताकि आगे कोई भी कैदी वहाँ से जान देने की कोशिश न करे।

शेखर ने सोचा था कि वह अपनी जान देकर इस दुनिया से चला जाएगा ताकि बार-बार के दु:ख से एक ही बार चैन की नींद सो जाए परन्तु भगवान की मर्ज़ी, हुआ उल्टा ही। शेखर को जब होश आया तो अपने को एक नाले में पाया। हुआ यूँ कि वह उस पहाड़ी ढलान से लुढ़क गया था। इस कारण उसे कोई ज़्यादा चोट नहीं आई थी। उसने उठने का बहुत प्रयास किया, परन्तु उठ नहीं पाया। दो-तीन बार कोशिश करने पर धीरे-धीरे खड़ा हो सका। उसने अपने आपको थका हुआ पाया। उसने भगवान से मौत माँगी थी परन्तु भगवान को अभी मंज़ूर नहीं थी। वह अपनी किस्मत

पर रोने लगा। उसने सोचा न जाने मुझे कितनी जंग लड़नी है। मेरी किस्मत में दुःख झेलना ही लिखा है। वह तो झेलना ही पड़ेगा चाहे मैं कुछ भी चाहूँ।

1990 का साल था। कश्मीर में आंतकवाद चल रहा था। दुश्मनों के दूत हर ओर भेजे गए थे। शेखर तो उन्हीं दुश्मनों के इलाके में पहुँच गया था, जो भारत की सीमा से जुड़ा था। उसने सोचा यदि मैं पकड़ा गया तो मुझे गोलियों से भून दिया जाएगा परन्तु चिंता किस बात की, वह तो मरने के लिए ही निकला था। इसलिए बिना किसी डर के वह सीमा के पास चलता गया। चलते-चलते वह बहुत दूर निकल गया। शाम हो चुकी थी। उसे कहीं दूर थोड़ा उजाला नज़र आया। उसने समझा शायद यहाँ बस्ती होगी। उसने रास्ते में ही जेल के कपडे निकाल कर फेंक दिए थे। वह आगे नहीं बढ़ा। वह एक घने पेड़ के नीचे बैठ गया और लेट गया।

जब शेखर की आँख खुली तो सुबह हो चुकी थी। उसने भारी-भारी कदमों की आहट सुनी। उसने जानकर अपनी आँखे मींच ली, जैसे गहरी नींद में हो। उसके पास क़दमो की आहट रुक गई। कुछ आदमी कह रहे थे - "कौन है यह जो इस सुनसान जगह पर सोया है?" यह सभी सीमा पार के जवान थे। उन्होंने शेखर को थोड़ा हिलाया। शेखर जैसे गहरी नींद से जाग गया। उसने नासमझ बनकर कहा - "कौन है? क्या बात है?" जवानों ने कहा - "तुम कौन हो? यहाँ इस सुनसान जगह पर क्या कर रहे हो? उस पार तो दुश्मनों का देश है। वे अगर तुम्हें देखेंगे, तो जान से मार डालेंगे।" शेखर ने नादान बनकर कहा - "साहब मैं शेखू हूँ। मैं यहाँ कुछ बकरियाँ चराते पहुँच गया। थोड़ा आराम क्या किया, मेरी बकरियाँ न जाने कहाँ चली गई। कल से मैं अपनी किस्मत पे रो रहा हूँ। साहब मैं इस दुनियाँ में अकेला हूँ। मेरा कोई नहीं है। मां-बाप बचपन में ही चल बसे थे।" सैनिकों ने न जाने क्या सोच कर कहा - "चलो हमारे साथ। हम तुम्हें थोड़ा बहुत खाना खिलाएंगे और फिर तुम अपनी राह चलो।"

शेखर उर्फ शेखू उनके साथ चल दिया। वह तो शक्ल से बेचारा लगता था। उसकी बढ़ी हुई दाढ़ी और पीला चेहरा किसी का भी दिल पिघला सकता था। उसके मुँह पर कोई भय की रेखा नहीं थी। उसे मौत का भी भय नहीं था क्योंकि वह अपनी ज़िन्दगी से तंग आ चुका था। अब तो उसने यही निश्चय किया, जो कुछ भी उसके साथ होगा, सह लेगा। सैनिक उसको अपने कैंप में ले गए। उनको शेखर पर कोई शक भी नहीं हुआ।

शेखू ने खूब पेट भर कर खाना खाया और थोड़ी दूर टहलने लगा। वह एक सैनिक की टोली की ओर बढ़ा, जो आपस में बातें कर रहे थे। भारत की निंदा करते हुए वह कोई योजना बना रहे थे। चाहे कोई भी अपने देशवासियों से बैर क्यों न करे, परन्तु वह कभी भी सहन नहीं करेगा कि कोई पराए देश का उसके देश की निंदा करे। प्रत्येक मानव चाहता है कि पराये मुल्क में उसको सम्मान मिले, उसकी इज़्ज़त,

उसके देश की इज़्जत हो। शेखर के मन में विचार आया क्यों न मैं भी इन के साथ मिल जाऊँ ताकि मुझे दुश्मनों की योजनाओं का पता चल जाए। वह वापस मुड़ा और पहले वाले कैंप के पास गया। एक सैनिक, जो कि बड़ा अफसर था, ने कहा - "शेखू, अब यहाँ क्या कर रहे हो? जाओ अपने घर।" यह सुनकर शेखर कुछ सहम सा गया। उसके पास कोई उत्तर नहीं था। धीरज रख कर कहा - "साहब, मैं घर नहीं जाना चाहता। क्या आप मुझे यहाँ कोई काम नहीं दे सकते?"

"अरे, हम तुम्हें क्या काम दे सकते हैं। हम तो खुद बेघर, सीमा पर अपने मुल्क की रक्षा कर रहें हैं।" उस अफसर ने कुछ सोचकर कहा - "ऐसा करो, क्या तुम मेरे घर पर कुछ काम करोगे?"

शेखर झट बोला - "हाँ साहब क्यों नहीं।" वह चाहता था कि किसी जगह उसे ठौर ठिकाना मिल जाए। "तो जाओ।" उसने शेखू को एक सिपाही साथ दिया और कहा - "इसे मेरे घर छोड़ आओ। मेरे घर वालों से कहना कि इसको मैंने भेजा है। इसको कोई काम घर का दे देना।" घर पहुँचने पर शेखर ने एक युवती बरामदे पर देखी, जो अधेड़ आयु की थी। शेखर ने उसे देखते ही नमस्ते – और जल्दी अपनी ज़ुबान बदल कर कहा - "आदाब – माँ जी।"

"अरे कौन हो तुम बेटा?" उस औरत ने कहा।

"मुझे शेखू कहते हैं। साहब ने मुझे यहाँ काम के लिए भेजा है।"

"अच्छा – अब जमशेद को याद आया। कितने महीनों से कह रही थी कि घर में कोई काम के लिए रखो। बेचारी बहू अकेली कितना काम सम्भालेगी।" और फिर उसने कहा - "बेटा जमशेद कैसा है? हर वक्त उसके खैर की खुदा से दुआ करती हूँ।" उसने अपनी बहू को पुकारा और कहा - "बेटी, यह शेखू है। इसे जमशेद ने यहाँ काम के लिए भेजा है। यह सारा बाहर का काम कर लिया करेगा। तुझे अब परेशान होने की कोई चिन्ता नहीं।"

कुछ दिनों में ही शेखू उनसे हिल-मिल गया। वह अपना दुखी जीवन भूल गया। वह अक्सर शाम को टी०वी० देखता था। समाचार तो सुनता ही था। समाचारों में अक्सर यही होता था कि भारत ने आज कई आंतकवादियों को पकड़ा, कईयों ने हथियार डाल दिए। शेखर को रह-रह कर अपने देश भारत की याद आती थी। कभी-कभी उसका दिल रो उठता था। पर क्या करे, मजबूर था।

मेजर जमशेद आज घर आया था। वह बहुत परेशान था। उसकी बीवी ने कहा - "क्या बात है, इतने परेशान क्यों हो?"

मेजर ने कहा - "कुछ नहीं, यह सियासी बातें हैं, तुम क्या समझोगी।"

शेखू वही खड़ा था। वह कहने लगा - "साहब मुझे भी सेना में भर्ती कीजिए। शायद मैं भी देश के काम आ सकूँ।" उसने मौके का फायदा उठाया।

मेजर ने कहा - "तुम क्या काम कर सकते हो। बेटा, पढ़ाई तो तुमने की नहीं।"

शेखू ने कहा -"साहब, आप मुझे उर्दू का कायदा सिखाएं, मैं कोशिश करूँगा।"

उग्रवाद चारों ओर फैला था। मेजर ने यही ठीक समझा, यदि शेखू किसी काम आएगा, तो वह है भारत हथियार भेजना। मेजर ने कहा -"क्या तुम सीमा पार हथियार ले जा सकते हो?"

शेखू ने झट कहा -"क्यों नहीं साहब। अपने मुल्क के लिए मैं कुछ भी कर सकता हूँ।"

आज शेखू बहुत खुश था। वह सीमा पार हथियार ले जाने की तैयारी कर रहा था। उसे एक मज़बूत सा बूट दिया गया। साथ में कुछ और जवान थे। सबको गाड़ी में बिठाकर भारत सीमा पर छोड़ा गया। वहाँ से एक पहाड़ी सुरंग भारतीय सीमा की ओर जाती थी। बर्फ काफी पड़ी थी और पड़ भी रही थी। सभी सर्दी से ठिठुर रहे थे पर आगे बढ़ रहे थे। एक ने तो बर्फ में ही दम तोड़ दिया। ज्योंहि वे भारतीय सीमा पर पहुँचे, तो भारतीय सेना की एक टुकड़ी की उन पर नज़र पड़ी। उन्होंने दूर से ही बंदूक तानकर 'हाल्ट' की सिग्नल दी। सभी अपने आपको दिलेर समझकर आगे ही बढ़ रहे थे। केवल शेखू रुक गया, तो फिर क्या था भारतीय सेना ने एक-एक को वहीं ढेर कर डाला पर शेखू अपनी जगह से नहीं हिला। वह वहीं खड़ा रहा, हाथ ऊपर किए हुए। भारतीय सेना ने उसे गिरफ़्तार किया। वे उसे अपने साथ ले गए। सारे हथियार ज़ब्त किए गए। शेखू की नियमानुसार पूछ-ताछ शुरु हुई। उसने अपनी सारी दास्ताँ सुना दी। फिर भी भारतीय सैनिकों को उस पर शक हुआ। वे उसको उसी जेलर के पास ले गए जहाँ से वह पहाड़ी से कूद पड़ा था।

जेलर ने शेखर को देखा, तो अपनी आँखों पर पूरा भरोसा नहीं हुआ। उसे यक़ीन नहीं हो रहा था कि शेखर ज़िंदा है। शेखर ने जेलर को नमस्ते किया। उसने कोई उत्तर नहीं दिया। उसने यही समझा कि यह दुश्मन का षड्यंत्र है। शेखर के बहुत कहने पर जब जेलर माना नहीं तो वह फूट-फूट कर रोने लगा और कहा -"साहब, मैं वही कैदी हूँ जिसको कत्ल के इल्ज़ाम में उम्रक़ैद की सज़ा मिली थी।" जेलर को अभी भी भरोसा नहीं हुआ। उसने शेखर से कहा -"क्या तुम अपने साथियों को पहचान सकते हो, जो तुम्हारे साथ बंदी थे?" शेखर ने झट से कहा -"हाँ साहब, क्यों नहीं। आप उन्हें मेरे सामने लाइए।" कुछ बन्दियों को उसके सामने लाया गया। शेखर ने सबके नाम बता दिए और उन्होंने भी शेखर को पहचान लिया। पहले तो वे

हैरान थे कि क्या शेखर ज़िन्दा है! उसको तो एक साल मरे हुए हुआ था पर शेखर की कहानी सुनकर सबको उस पर यक़ीन हुआ।

सैनिकों ने जेलर से कहा -"सर, आप इसे हमारे हवाले कीजिए। हम इसके द्वारा दुश्मनों के राज़ निकाल सकते हैं।" शेखर को बताया गया कि तुम्हारे जाने के बाद असली कातिल पकड़ा गया था जिसे फाँसी दी गई। शेखर को अब कोई डर नहीं था। उसने लम्बी सांस छोड़ी और अपने आपको संभाला। वह खुशी से झूम उठा। उसने कहा -"भगवान के घर देर है अंधेर नहीं।" अब वह देश-सेवा के लिए तैयार था। वह जेलर से आज्ञा लेकर सैनिकों के साथ चल पड़ा। उसको सेना में भर्ती किया गया। एक-दो महीने ट्रेनिंग दी गई। वह हर काम में पहले नम्बर पर आने लगा।

आज शेखर को सीमा पार जाना था। सब कुछ समझा कर सीमा पार जाने के लिए तैयार किया। उसने वही पहले वाले कपड़े पहने। दाढ़ी तो पहले से ही लम्बी थी। वह बिल्कुल उग्रवादी जैसा लग रहा था। उसी बर्फ की सुरंग से वह सीमा पार चला गया और दुश्मनों के अड्डे पर पहुँच गया। शेखू को ज़िन्दा देखकर सभी हैरान हुए क्योंकि उसके सभी साथी मर चुके थे। उन्हें यही खबर थी कि उनके साथ शेखू भी मर चुका है।

उनमें से एक ने कहा -"अरे शेखू तू ज़िन्दा है?"

"हाँ साहब, मेरे साथ और चार आदमी पकड़े गए। वह चारों जेल में बन्द हैं। मैं किसी तरह जेल से बचकर निकला हूँ।"

"अरे शेखू तू बड़ा बहादुर निकला।"

शेखू कुछ सोच कर बोला -"सर, वे चारों मेरा इंतज़ार कर रहे हैं। मुझे यहाँ से हथियार ले जाने हैं और उन चारों को छुड़वाना है।"

फ़ौजी ने कहा -"कोई बात नहीं, तुम अगले जुमा हथियार ले कर जाना।"

अब शेखू का काम था भारत हथियार पहुँचाना। वह बहुत थक चुका था। किस्मत ने उसको क्या से क्या बना दिया। उसने एक दिन सोचा क्यों न मैं कश्मीर के किसी रेस्टोरेंट में ठहरूँ और अपने दिल को थोड़ा सकून मिल जाए क्योंकि उसे हर बार यही डर रहता था कि कहीं उसकी पोल न खुल जाए। वह गुलमर्ग के एक होटल में ठहरा।

शेखर को गुलमर्ग में आज चौथा दिन था। वह टहलता हुआ बहुत दूर एक छोटी सी पहाड़ी पर पहुँचा। एक सुरीली आवाज़ ने उसके मन को मोह लिया। उसने पीछे मुड़ कर देखा कि एक सीधी-साधी खूबसूरत लड़की भेड़ चरा रही थी। साथ में मीठे स्वर में गुनगुना रही थी। उसके बोल में एक दर्द था। वह भगवान से शिकायत कर रही थी कि यदि तुमने हमें इस धरती पर भेजा, तो इतने दुःख क्यों दिए! शेखर

के पाँव लड़की की ओर मुड़ने लगे। लड़की ने जब शेखर को देखा तो वह रुक गई और चुप हो गई। अपने आँसू पोंछते हुए कहा -"तुम कौन हो परदेसी ?"

"मैं ....।" वह रुक गया। उसने सच बताना चाहा। परन्तु कुछ सोच कर कहा -"मैं कुछ दिनों के लिए यहाँ आया हूँ। मैं यहाँ का रहने वाला नहीं हूँ।" उसने लड़की की ओर देखकर कहा -"तुम रो क्यों रही हो ? तुमने गाना क्यों बन्द किया। तुम्हारे गीत में काफी दर्द है। दर्द का कारण अवश्य होगा।"

"मेरा नाम नीलोफर है।" लड़की ने कहा। "मेरे भाई और मेरे माँ बाप को आंतकवादियों ने मार ड़ाला। मैं इस दुनिया में अकेली हूँ। मुझे यहाँ बहुत ड़र लगता है। क्या तुम मुझे यहाँ से ले जाओगे। मैं यहाँ नहीं रहना चाहती हूँ।" शेखर का दिल पिघल गया पर वह क्या कर सकता था। वह तो खुद भी मँझधार में था। उसके जीवन का भी कोई किनारा नहीं था। उसने कहा -"नीलोफर मुझे माफ करना, मैं तुम्हें कहाँ ले जाऊँगा। मेरा भी कोई ठौर- ठिकाना नहीं है।" वह बच्चों की तरह रोने लगा।

"कहीं भी ले चलो।" नीलोफर ने कहा। "वर्ना ये वहशी दरिंदे मुझे भी मार डालेंगे।"

शेखर दुविधा में पड़ गया। उसका जी चाहा कि इन सारे आंतकवादियों को जड़ से उखाड़ डाले, परन्तु उसको क्या खबर थी कि यह जड़ कहाँ तक फैली हुई है। उसने कहा -"मैं इस बात पर सोचूँगा। मैं दुबारा आऊँगा।" नीलोफर सहमत हो गई और उदास होकर अपनी राह चल पड़ी। कितनी मासूम और भोली थी वह। शेखर उसे तब तक जाते देखता रहा जब तक वह आँखो से ओझल न हो गई।

शेखर सोच रहा था मैं अब यह काम छोड़ दूंगा क्योंकि अब उसके पास काफी धन था परन्तु मन उदास था। उसे कोई चीज़ अच्छी नहीं लगती थी। वह भी अपना घर बसाने का सपना देखता था। उसने बचपन से दुःख ही दुःख देखे थे। एक दिन शेखर ने अपने बॉस से कहा सर –"मैं बहुत थक चुका हूँ, अब मैं थोड़ा आराम करना चाहता हूँ।" बॉस ने कहा -"देखो शेखर, तुम्हें हमेशा देश की रक्षा के लिए तैयार रहना है परन्तु यदि तुम चाहो तो थोड़े दिनों के लिए छुट्टी ले लो।" शेखर को इन्हीं शब्दो का इन्तज़ार था। वह झूम उठा। जाने की आज्ञा ले ली। यूँ लगता था शायद वह हमेशा के लिए जा रहा है, एक आज़ाद पक्षी की तरह।

उसने अपने कपड़े वगैरह संभाले और गुलमर्ग की ओर रवाना हुआ। टीले पर पहुँचते ही वही सुरीली आवाज़ सुनाई दी। वह उसी ओर दौड़ा। नीलोफर भेड़ों के बीच बैठी गुमसुम गा रही थी। आँखों से आँसुओं की धारा बह रही थी। शेखर ने पुकारा -"नीलोफर।" नाम सुनते ही मानो वह नींद से जाग गई। "हो!" सामने शेखर को देख कर उसके करीब आकर ज़ोर-ज़ोर से रोने लगी -"कहाँ थे तुम परदेसी। तुम इतने दिन क्यों नहीं आए ?"

शेखर ने नीलोफर को बाहों में ले लिया। उन्हें कुछ खबर नहीं थी जब कि उनके चारों ओर बहुत-से लोग जमा हो गए थे। वे उन्हें ऐसे देख रहे थे जैसे अभी उनको नोच डालेंगे। वे सभी नीलोफर के गाँव के लोग थे। उसके साथ एक अजनबी को देखकर न जाने उन्होंने क्या बुरा-भला कहा परन्तु नीलोफर को इस बात की कोई सुध नहीं थी। वह न जाने किन सपनों में खोई थी। शायद शेखर को पाकर सारी दुनिया को भूल चुकी थी और शेखर जो नीलोफर को एक-टक देखे जा रहा था, वह इस दुनिया को छोड़कर न जाने किस दुनिया में खो चुका था। उसको लग रहा था कि नीलोफर को पाकर उसने सारी दुनिया को पा लिया है और आज दुनिया की सारी खुशियाँ उसे मिल गई हैं। उसके मन में यही चल रहा था कि अब चाहे उसे कोई भी दुःख मिले, कुछ भी हो जाए, पर नीलोफर को वह जीवन भर साथ रखेगा। उसके बगैर नहीं रह सकेगा। उसने प्रण किया कि मरूँगा तो नीलोफर के साथ और जियूँगा तो इसी के साथ।

'टक-टक-टक' गोलियों की बौछार हुई और दोनों इस दुनिया से बहुत दूर दूसरी दुनिया में हमेशा के लिए चले गए..... अपने पीछे उन ज़ालिमों को छोड़ कर।

✸

बलिदान

किसी पर जब मुसीबत एक बार आती है तो भगवान भी उस पर तरस नहीं खाता। रूपा का इस दुनिया में माँ के सिवाय कोई नहीं था और आज वह भी उसे छोड़ कर इस दुनिया से चली गई। वह गुम-सुम सी बैठी अपनी किस्मत पे रो रही थी। ज़िन्दगी कितनी लम्बी है, किसी को पता नहीं और जब तक यह ज़िन्दगी है तब तक इसको सम्भालना बहुत कठिन है। ज़िन्दगी में सुख-दुःख का चक्र चलता है।

रूपा माँ के साथ शहर में रहती थी। अब वह फिर अपने गाँव चली गई। वहाँ उनका मकान और ज़मीन वगैरह थी। सोचा गुज़ारा हो जायेगा। रूपा स्टेशन पर पहुँची तो गाड़ी लेट थी इसलिए इन्तज़ार करना पड़ा। भीड़ भी काफी थी, न जाने कहाँ से एक युवक आया और रूपा से टकरा गया। रूपा का मुँह गुस्से से लाल हो गया और झट से बोली - "दिखाई नहीं देता, अंधे हो?" युवक ने कहा -"अंधा न होता तो आप से टकराता!" रूपा लज्जित हो गई और जल्दी युवक को सहारा दिया तथा एक किनारे ले गई। रूपा को उसके साथ सहानुभूति हो गई। वह सोच में पड़ गई कि विधाता की क्या करनी है! लड़का इतना सुन्दर है परन्तु भाग्य ने उसके साथ कैसा खेल खेला है। जब तक गाड़ी का इन्तज़ार करना पड़ा, वे दोनों बातें करते रहे। युवक का नाम सागर था। वह एक बड़े बाप का बेटा था। रूपा ने भी बातों बातों में अपनी दुःख भरी कहानी सुना दी। सागर ने कहा -"मैं अपने बाप से तुम्हारी नौकरी की बात करूँगा।" इतने में एक नौजवान लड़का आया और सागर को भीड़ से घसीटता हुआ ले गया। वह सागर का मित्र अमर था। सागर को दूर ले जाकर कहने लगा -"आज क्या एक और मछली फँसाने वाले थे।" सागर ने कहा -"नहीं, अब मैं और किसी मछली को नहीं फँसाऊँगा क्योंकि मुझे रूपा बहुत पसंद आई। मैं आज तक एक ऐसी ही लड़की की तलाश में था जिसमें कोई लालच न हो। आज तक मुझे जो भी लड़की मिली, वह मेरी दौलत के पीछे थी। परन्तु रूपा की बातों से पता चलता है कि वह उन सब से भिन्न है। इसलिए उसे पाने के लिए मैंने अंधे का रूप धारण किया क्योंकि उस के चहरे से पता चलता था कि वह सीधी तरह से हाथ आने वाली नहीं है।"

रूपा जब अपने गाँव पहुँची तो सबने उसका हाल-चाल पूछा। उसकी माँ के देहांत के बारे में सुना तो उन्हें बहुत दुःख हुआ। रूपा बहुत थक चुकी थी। वह थोड़ा आराम करना चाहती थी परन्तु उसकी आँखों में नींद कहाँ थी। वह अपने भविष्य के बारे में सोचने लगी। बी.ए. की परीक्षा दी थी। वह गाँव के ही किसी स्कूल में काम करना चाहती थी। गाँव के लोग उसकी बड़ी इज़्ज़त करते थे। वह चाहते थे कि गाँव में राम नाम का एक नौजवान है जो रूपा के लिए योग्य वर होगा। वह काफी

पढ़ा लिखा तथा सुशील लड़का था परन्तु रूपा का मन सागर में समाया हुआ था। जबसे उसने सागर को देखा था, वह उसी के बारे में सोचती रहती थी। कितना भोला-भाला लड़का है वह, काश! भगवान ने उसे अंधा न बनाया होता। वह उसके मन को इतना भा गया था कि वह चाहती थी कि उसका साथ हमेशा सागर के साथ रहे ताकि उसकी सेवा करने का मौका मिले।

रविवार का दिन था। रूपा घर में ही थी। अचानक उसके घर में अमर ने प्रवेश किया। अमर को देखते ही रूपा के मन में विचार आया कि इसको मैंने कहीं देखा है और याद आया कि वह उसके साथ कालेज में पढ़ता था। इसी बीच अमर ने कहा -"मैं सागर का मित्र अमर हूँ।" रूपा चौंक गई और उसे बहुत खुशी हुई कि अब उसे सागर का हाल-चाल मिल जाएगा।

अमर ने कहा -"सागर ने मुझे आपके पास यह पता करने के लिए भेजा है कि क्या आप कहीं नौकरी कर रही हो?"

रूपा ने कहा -"हाँ, मैं एक स्कूल में अध्यापिका हूँ।"

चाय-नाश्ते के बाद अमर जाने लगा तो रूपा ने कहा -"किसी दिन सागर को भी यहाँ लाना।" वह चाहती थी कि वह सागर से मिले। अमर चला गया।

राम रूपा को मन ही मन बहुत चहता था परन्तु रूपा के दिल में सागर ने घर बना लिया था। सागर की याद और उसकी प्यारी सी सूरत ने उसे पूरी तरह मोह लिया था। एक दिन आया जब अमर सागर को रूपा के घर ले आया। रूपा का दिल खिल उठा। कमरे में बैठते ही अमर ने बाहर जाने का बहाना किया ताकि रूपा और सागर को अकेले बात करने का मौका मिले। अमर के जाते ही सागर ने बात छेड़ दी -''रूपा, मैं अभागा हूँ। लगता है मेरी जीवन नैय्या को पार लगाने वाला कोई नहीं है।" यह सुनकर रूपा का दिल पिघल उठा। उससे रहा न गया। उसने अपने दिल की बात कह ही दी -"सागर, मैं आपकी जीवन नैय्या को पार लगाऊँगी।" सागर को इसी बात का ही इंतज़ार था। उस ने झट से रूपा का हाथ थाम लिया और कहा –"तुम मुझसे वादा करो कि तुम मेरे सिवाय और किसी से शादी नहीं करोगी।" रूपा ने भी 'हाँ' में उत्तर दिया। अगले दिन सागर और अमर घर वापस जाने लगे तो अमर (रूपा को दिखाने के लिए) सागर का हाथ पकड़े हुए चल रहा था। ज्योंहि वे बस स्टैंड पर पहुँचे, राम भी वहाँ से गुज़र रहा था। उसने सागर को देखा, वह चकित हुआ कि सागर और हमारे गाँव में..... क्योंकि वह उसे जानता था। वे शहर के कॉलेज में एक साथ पढ़ते थे। राम ने कहा -"अरे सागर तुम यहाँ?" सागर जैसे किसी चोरी में पकड़ा गया हो, बोला -"हाँ यार, यहाँ कोई ज़रूरी काम था।" इसी बीच बस आ गई और वे दोनों चले गए।

राम ने आज रूपा से मिलने का निश्चय किया था। वह चाहता था कि रूपा से अपने मन की बात कह डाले। राम ने जब रूपा के घर प्रवेश किया तो वह बहुत खुश नज़र आ रही थी। राम ने रूपा से खुशी का कारण पूछा, मगर उसने बात टाल दी। बातों ही बातों में राम ने कहा -"आज मुझे एक पुराना मित्र मिला, जो शहर से आया हुआ था। न जाने उसे हमारे गाँव में क्या काम था?"

रूपा झट से बोल उठी -"कौन? कौन? क्या नाम था उसका?"

राम ने कहा -"सागर"

"क्या तुम सागर को जानते हो? वह तो मेरे पास ही आया था।"

राम ने कहा -"तुम उसे कैसे जानती हो?"

रूपा ने कहा -"यूँ ही शहर में उसके साथ मुलाकात हो गई। सोचो, भगवान क्या अजीब खेल खेलता है। एक अच्छे खासे इन्सान की आँखों का उजाला ही छीन लिया है।"

राम हैरान हुआ और कहा -"कौन अंधा है रूपा...... सागर?" राम सोच में पड़ गया। उसको सागर की पुराने आदतें याद आ गईं जब वह कालेज में लड़कियों को फँसाता था। वह सोचने लगा रूपा के साथ भी यही हुआ होगा। रूपा ने मौन तोड़ा और कहा -"राम तुम चुप क्यों हो?"

उसने कह दिया -"रूपा, सागर ने तुम्हें धोखा दिया है, वह अंधा नहीं है। वह हर हसीन लड़की को फँसाने की कोई चाल चलता है।" रूपा जैसे आसमान से गिर पड़ी। उसको यकीन नहीं हुआ कि यह बात सच हो सकती है क्योंकि वह सागर को अपनी जान से भी ज़्यादा चाहने लगी थी। उसका दिल टूट गया। उसकी आँखों से आँसुओं की धारा बहने लगी। राम आवाक्-सा देख रहा था। उसने रूपा से कहा -"तुम चुप क्यों हो, क्या सोच रही हो?" उसने पूछा -"क्या सागर अंधा नहीं है?"

राम ने कहा -"हाँ रूपा, वह अंधा नहीं है। यह बात सच है। उसने तुम्हें धोखा दिया है।" रूपा का दिल टूट गया। उसने निश्चय किया कि अब वह सागर को सबक सिखायेगी। राम जिस काम से आया था, वह तो भूल ही गया। राम ने निराशा में कहा -"अच्छा रूपा, अब मैं चलता हूँ।" यहाँ तो उसे अपनी तकदीर बदलती नज़र आ रही थी। उसका आशा भरा दिल भी टूट चुका था।

बहुत प्रयास करने पर भी रूपा के दिल से सागर की याद नहीं जा रही थी। उसने क्या-क्या सपने सजाये थे। वे सब एक ही लम्हें में टूट गए। सागर के मन में डर था कि जब रूपा को उसकी असलियत का पता चलेगा तो न जाने क्या होगा। हर समय उसके मन में यही चिंता लगी रहती थी। एक दिन इन्हीं विचारों में खोया वह कहीं जा रहा था कि पीछे से किसी ने हॉर्न बजाया परन्तु वह इतना खोया हुआ था कि उसने कोई आवाज़ नहीं सुनी। फिर क्या था, गाड़ी उसके ऊपर चढ़ गई और वह एक

ओर गिर पड़ा। अगले पल उसने अपने आपको अस्पताल में पाया। जब उसको होश आया तो वह यही कहे जा रहा था कि "मैं रूपा को क्या जवाब दूँगा।" उसके सामने उसका मित्र, डॉक्टर अमर और उसके पिता वगैरह थे, परन्तु सागर किसी को पहचान नहीं पा रहा था। सर पर ज़्यादा चोट आने से वह आँखें खो बैठा था। सभी परेशान हो गए, पल में न जाने यह क्या हो गया!

उधर रूपा बदले की आग में जल रही थी। वह यही चाहती थी कि कब उसे सागर मिलेगा तो वह उसे अच्छा सबक सिखाएगी पर उसे सागर का कोई अता-पता नहीं था। अब तो उसने राम से ही शादी करने का फैसला किया था पर राम तो तब से बड़ा दुखी था जब से रूपा सागर को चाहने लगी थी। घरवालों ने पहले भी कई बार उसे शादी करने के लिए कहा पर वह मानता नहीं था। जब से रूपा से सागर के बारे में सुना तो उसने पूरी आशा छोड़ दी थी और अब हार कर घरवालों से शादी के लिए 'हाँ' कर दी।

महीना होने को आया, परन्तु सागर का कोई पता नहीं था। रूपा उसके इंतज़ार में थी कि कब वह गाँव आए और वह उसकी बेइज़्ज़ती सब गाँव वालों के सामने करे, ताकि उसका मुँह काला करके सुख की साँस ले सके। अचानक अमर की आवाज़ सुनाई दी, जो कह रहा था -"रूपा, आप यहीं हो?" रूपा आग उगलती हुई बोली -"क्या बात है अमर, सागर नहीं आया?" पर अमर ने कहा -"सागर का एक्सीडेंट हुआ है। वह अस्पताल में पड़ा है।" रूपा को सागर की बेइज़्ज़ती करने का मौका मिल गया। वह अमर के साथ अस्पताल चली गई। ज्योंहि वे सागर के कमरे में पहुँचे, वहाँ देखा कि सागर के सिर पर पट्टी बंधी हुई थी और एक नर्स दवाई पिला रही थी। अमर रूपा को सागर के पास छोड़ कर बाहर चला गया। रूपा ने आव देखा न ताव और फिर सागर के मुँह पर एक ज़ोर का तमाचा मारा और कहा -"धोखेबाज़! कितनी लड़कियों को आजतक धोखा दिया है।" नर्स ने जब रूपा का यह व्यवहार देखा तो वह रूपा से बोली -"देखिए मैडम, आप कितनी बेरहम हो कि एक तो इन्होंने अपनी आँखों की रोशनी खोई है और दूसरा आप इन्हें तमाचा मार कर और भी दुखी कर रही हो।" रूपा ने कहा -"यह अंधे नहीं हैं, इन्होंने यह ढोंग रचाया है।" नर्स ने कहा -"नहीं मैडम, यह देख नहीं सकते हैं। इन्होंने एक्सीडेन्ट में अपनी आँखें खोई हैं।" सागर जो अबतक चुप और अपनी करनी पर पछता रहा था, बोला -"मारो मुझे, और मारो, मैं तो इसी काबिल हूँ। मैंने आजतक बहुतों को धोखा दिया है। मुझे अपने किए की सज़ा मिल गई पर कसूर मेरा ही नहीं उन लड़कियों का भी है जो मेरी दौलत के पीछे थीं। मैंने उन सबसे अलग तुम्हें पाया है। तुम्हें पाने के लिए मैंने ऐसा किया है। मुझे लगा तुम्हें दौलत का कोई लालच नहीं। अब भगवान ने मेरे साथ ठीक ही न्याय किया है। मैंने अमर को तुम्हारे पास इसलिए भेजा ताकि मेरी असलियत जान कर तुम

मुझे भूल जाओगी। अब मेरी ज़िन्दगी हमेशा के लिए नरक बन चुकी है। मैं तुम्हें इस नरक में डालना नहीं चाहता हूँ। मुझे माफ कर दो। तुम जो सज़ा मुझे देना चाहती हो, वह मुझे स्वीकार है।" रूपा यह सुन कर बाहर चली गई।

गाँव पहुँच कर रूपा दुविधा में पड़ गई। वह सोच रही थी कि क्या सागर को छोड़ दूँ या उसका सहारा बन जाऊँ। उसकी अंतर्रात्मा ने आवाज़ दी - "क्या सोच रही हो, जिस सागर के लिए तुम एक पल भी जी नहीं सकती थी, उसको तुम आज बीच मँझधार में छोड़ रही हो। माना कि उसने तुम्हें धोखा दिया लेकिन वह एक ऐसी लड़की चाहता था जो उसकी दौलत से नहीं बल्कि उसे प्यार करती हो। उठो और उस का सहारा बन जाओ। तूने तो उसके साथ रहने का वादा किया था।" रूपा को यह पता भी नहीं चला कि कब उसके पाँव सागर की ओर चल पड़े।

सागर को अस्पताल से छुट्टी मिल गई। उसके पिता उसे सहारा देकर अस्पताल से बाहर ला रहे थे कि इतने में रूपा सामने आई और सागर को थाम लिया। सागर के पिता रूपा को देखते रह गये। रूपा ने कहा -"छोडिये, मैं इसे सहारा दूँगी।" सागर ने जब रूपा की आवाज़ सुनी तो वह उसके बलिदान पर खुश हुआ। सागर के पिता ने कहा -"बेटी तुम महान हो। मैं खुशकिस्मत बाप हूँ कि मेरे बेटे को तुम जैसी सुशील लड़की मिल गई। मैं तुम्हारे इस धैर्य पर बहुत खुश हुआ और बेटी डॉक्टर ने यह आश्वासन भी दिया है कि एक न एक दिन सागर की आँखें ठीक हो जाएगी।" रूपा का दिल खिल उठा जब उसने ये शब्द सुने।

✹

भरोसा

राम को आज भी नौकरी की तलाश में जाना पड़ा। हर बार निराश होकर घर लौटता था। आज भी निराश होकर थका हुआ घर की ओर आ रहा था। संध्या हो रही थी कि अचानक किसी ने पीछे से पुकारा -"सुनो! क्या मुझे मेरे घर तक छोड़ दोगे?" राम ने पीछे मुड़कर देखा कि एक सुन्दर-सी लड़की यह कह रही थी। राम तो पहले हिचकिचाया, परन्तु कुछ सोचकर उसने कहा -"कितनी दूर तक जाना है?" लड़की कुछ शरमा कर बोली -"बस थोड़ी दूर।" दोनों आगे बढ़े। रास्ते में उस अपरिचित लड़की ने कहा -"आप का नाम क्या है और आप क्या काम करते हैं?" राम ने कहा -"मैं एक निर्धन लड़का हूँ। मेरी माँ ने मुझे बड़ी कठिनायाँ झेल कर उच्च शिक्षा दी है। पिता नहीं हैं। अब मैं नौकरी की तलाश में भटक रहा हूँ।" इसी बीच वे एक बड़ी-सी कोठी के सामने पहुँच गए। लड़की रुक गई और कहा बस, मैं अपने घर पहुँच गई। कहती हुई वह अन्दर चली गई। राम अपने घर की ओर चल पड़ा। राम को बहुत देर हो चुकी थी। माँ परेशान दरवाज़े पर उसकी राह देख रही थी। राम का तो अब रोज़ का काम बन गया था कि सुबह घर से नौकरी की तलाश में निकलना और सायं निराश घर वापस लौटना।

एक दिन जब वह घर लौट रहा था और बहुत उदास था तभी अचानक वही लड़की सीमा मिल गई। उसने राम को पुकारा। राम चौंक गया। सामने वही सुन्दर लड़की थी। शाम का समय था। वह आवाक् सा उसे देखने लगा और कहा -"आप इस समय यहाँ?"

लड़की ने कहा -"हाँ, मैं तुम्हारा ही इंतज़ार कर रही थी।"

राम हैरान हुआ -"आप और मेरा इन्तज़ार?"

लड़की -"क्या आप को कहीं नौकरी मिल गई?"

"जी नहीं।" राम ने कहा -"आप मेरे घर आना, मैं पिता जी से आपकी नौकरी के बारे में बात करूँगी।" राम को आशा की किरण नज़र आई। अगले दिन राम उस कोठी पर चला गया जहाँ सीमा गई थी।

दरवाज़े पर दस्तक देते ही एक सीधा-साधा युवक दरवाज़े पर आया। वेश-भूषा से नौकर ही लगता था। राम ने कहा -"साहब घर पर ही हैं?"

"जी हाँ, आपको उनसे क्या काम है?" नौकर ने कहा।

"क्या मैं उनसे मिल सकता हूँ?"

"जी, क्यों नहीं अन्दर आइए।" राम ने देखा अन्दर एक वृद्ध सज्जन कुर्सी पर बैठे थे। राम ने आते ही नमस्ते किया और अन्दर आने की अनुमति माँगी। वृद्ध ने

कहा -"आप कौन हैं और मुझसे क्या चाहते हैं?" राम ने थोड़ा धीरज से कहा -"मैं एक पढ़ा-लिखा नौजवान हूँ, मुझे कहीं नौकरी नहीं मिल रही है, यदि आपके यहाँ कोई खाली जगह हो तो!" वृद्ध जिनका नाम दौलतराम था, ने कहा -"मुझे एक प्राइवेट सेक्रेट्री की आवश्यकता है, परन्तु मुझे आज तक कोई भरोसे वाला व्यक्ति नहीं मिला। क्या तुम यह काम ईमानदारी के साथ कर सकते हो। मेरा कारोबार देख सकते हो?"

राम ने कहा -"साहब, आप मुझे अवसर दीजिए।"

दौलतराम ने कहा -"तो कल से काम पर आ जाना।"

राम की खुशी की सीमा न रही। वह जल्दी ही अपनी माँ के पास चला आया। अगले दिन सभी कामों से निपट कर वह नौकरी पर चला गया। गेट पर पहुँचते ही उसे सीमा मिल गई और नौकरी लगने की बधाई दी। अन्दर आते ही दौलतराम ने राम को काम सौंप दिया और साथ में कुछ ऐडवांस रुपये दिए और कहा -"अपने लिए कपड़े वगैरह लाना।" राम हैरान था यही सोच कर कि इन्हें मुझ पर पहले ही दिन भरोसा हो गया। राम के मन में उनके लिए प्यार जाग उठा।

राम अपना काम बड़ी ईमानदारी से करने लगा। सीमा से भी कभी-कभी सामना हो जाता था। वह सीमा को बहुत चाहने लगा। सीमा भी राम को जुहू के किनारे मिलती थी। वे दोनों वहाँ पहरो बातें करते। राम के मन ने चाहा कि सीमा से अपने दिल की बात कह दे परन्तु साहस नहीं कर पा रहा था। वह यही सोचता कि कहाँ मैं और कहाँ यह, इतने अमीर बाप की बेटी। परन्तु उसका दिल सीमा के बिना नहीं रह पा रहा था। उसने यही ठान लिया कि एक दिन सीमा के पिता से बात कर लेगा।

राम की माँ उसे हर समय शादी की बात करती, परन्तु वह हर बार टाल देता था। वह यही कहता कि अभी मुझे शादी नहीं करनी है। वह तो चाहता था कि यदि शादी करेगा तो सीमा से ही करेगा, वर्ना ज़िन्दगी भर कुँवारा ही रहेगा। राम तो एक साल में ही बहुत अमीर होने लगा। उसने गाड़ी वगैरह ली। मानों वह उस घर का मालिक ही बन गया हो। वह यही सोचता था कि मेरी हर खुशी का कारण सीमा ही है। मैं उसे कभी नहीं छोड़ूँगा, उसे अपनाकर ही रहूँगा।

रविवार का दिन था। राम सीमा के घर चला गया। गप-शप होने लगी। ड्राइंग हाल में राम और सीमा के पिता दोनों चाय पी रहे थे। चाय का सिप लेते-लेते राम की नज़र शेल्फ पर सीमा के फोटो पर पड़ी। उसने सोचा भगवान ने क्या अपने हाथों से सीमा को बनाया है। वह फोटो की ओर निहारता ही रहा। सीमा के पिताजी ने कहा -"क्या सोच रहे हो बेटा?" राम का मौन टूट गया और कहा -"जी ... " अब उसने मौका ढूँढ़ा सीमा के बारे में बात करने का -"जी सर - सीमा कितनी अच्छी लड़की है। इसी ने मुझे आप के पास पहुँचा दिया। आज जो कुछ भी मैं हूँ, वह सीमा

की वजह से ही हूँ वर्ना मैं तो नौकरी की तलाश में भटकता ही रहता।" दौलतराम की आँखों में आँसुओं की धारा बहने लगी। राम यह देखकर पूछने लगा -"सर, आपकी आँखों में आँसू?"

"हाँ बेटे – फिर तूने सीमा की याद ताज़ा कर दी।"

"क्यों क्या हुआ सीमा को?" राम चौंक सा गया।

"हाँ बेटा, सीमा को दो साल हो गए इस दुनिया को छोड़े हुए।"

"क्या कह रहे हैं आप?"

"हाँ बेटा, मैं सच कह रहा हूँ। सीमा का एक ऐक्सीडेंट हुआ और वह हमेशा के लिए हमसे दूर चली गई।"

"नहीं, ऐसा कभी नहीं हो सकता। सीमा तो मुझे कल ही मिली थी।" राम भावुक हुआ और कहने लगा "मुझे तो उसी ने आपके पास भेजा है।"

"क्या कह रहे हो बेटा। कहीं तुम्हारा दिमाग सठिया तो नहीं गया है। यदि वह ज़िन्दा होती तो इस समय हमारे पास नहीं होती।"

राम को यह आशा नहीं थी कि कभी ऐसा भी हो सकता है। वह सीमा को बहुत चाहता था। उसका दिल टूट गया। उसकी सारी खुशियों पर पानी फिर गया। अब वह क्या करे, कहाँ जाए, क्या सीमा उसके लिए देवी के रूप में आई थी और नौकरी देकर चली गई! उसने सोचा अब वह यहाँ एक पल भी नहीं रहेगा। उसकी आँखों से आँसू बह निकले और वह अपने घर की ओर चल पड़ा।

आज राम की माँ उसे खाने के लिए बहुत आग्रह करती रही परन्तु राम ने बहाना बनाया कि उसकी तबीयत ठीक नहीं है। वह बिना कुछ खाए-पिए घर से चला गया और जुहू के किनारे पहुँच गया। उसने सोचा शायद वहीं दिल को थोड़ा सकून मिल जाए। उसने अपना सिर घुटनों में रख दिया और चुपके से आँसू बहाने लगा। अचानक पीछे से आवाज़ आई -"राम...." वह चौंक गया। उसे लगा सीमा उसे पुकार रही है। उसने सिर ऊपर उठाया और देखा कि सचमुच ही सीमा उसके पास खड़ी थी। राम खड़ा हो गया और सीमा का हाथ थाम लिया -"कहाँ गई थी मुझे छोड़कर। अब मुझे छोड़कर नहीं जाना।" राम फूट-फूट कर रोने लगा। सीमा ने कहा –"नहीं छोड़ूँगी। चलो मेरे साथ।" राम को जैसे भरोसा ही नहीं हो रहा था कि सचमुच उसको सीमा मिल गई है। वह उसके साथ हो लिया। दोनों एक सुनसान स्थान पर पहुँच गए। राम ने रुकते हुए कहा -"सीमा, चलो अब घर चलते हैं।"

सीमा उस स्थान पर रुक गई और कहा -"मेरा घर तो यहीं हैं।"

राम ने कहा -"नहीं, मैं तुम्हें यहाँ नहीं रहने दूँगा। चलो मेरे साथ मेरे घर।"

सीमा ने कहा -"नहीं राम – आत्माओं का भी कोई घर नहीं होता है। वह तो हमेशा भटकती ही रहती हैं। आज मेरी आत्मा को मोक्ष मिला। जब मैंने तुझे नौकरी की तलाश में देखा तो मुझे लगा कि तुम एक ऐसे इंसान हो जिसमें कोई लालच नहीं है। मुझे यहाँ हर समय अपने पिता की चिंता लगी रहती थी कि उनका शुभचिंतक कौन हो सकता है? यह दुनिया और यहाँ के लोग, सभी लालाची हैं। मैंने तुम्हें एक अच्छा युवक समझकर अपने पिता के पास भेजा था। सोचा तुम्हें भी रोज़गार मिलेगा और पिताजी को भी एक अच्छा भरोसे वाला, देखभाल करने वाला मिल जाएगा। अब मैं तुम से यह वादा लेने आई हूँ कि तुम मेरे पिताजी को कभी नहीं छोड़ोगे। तुम्हें मेरी कसम है। तुम्हारी हर ज़रूरत पूरी करने के लिए मैंने यह सब किया। क्या तुम मेरे लिए इतना नहीं कर सकते हो? कहो कि तुम मेरे पिताजी को ज़िन्दगी भर नहीं छोड़ोगे।"

राम यह सब बेसुध होकर सुन रहा था कि अचानक सीमा न जाने कहाँ खो गई। राम अकेला अपने घर की ओर जाने लगा।

राम ने तो पहले निश्चय किया था कि अब वह इस नौकरी पर नहीं जाएगा परन्तु सीमा के अनुरोध पर उसने फैसला किया कि सीमा की आत्मा को तभी शान्ति मिलेगी जब वह फिर से उसके पिता के पास चला जाएगा। वह घर गया और अगले दिन वह फिर सीमा के बाप के पास चला गया।

आज राम दो दिन के बाद सीमा के घर गया था। वहाँ पहुँचते ही उसके पिता जी ने कहा -"आओ बेटा, तुम आ गए। बैठो। मैं तुम्हें एक बात बताना चाहता था। कई दिनों से मैं सोच रहा था पर मौका नहीं मिल रहा था।" राम हैरान था, न जाने आज कौन सी ऐसी बात सीमा के पिताजी को मुझ से कहनी है। सुनो बेटा -"मैं एक कारोबारी आदमी हूँ। मुझे आज तक कोई भरोसे वाला नहीं मिला। यह बात मैं पहले भी दोहरा चुका हूँ और मैं समझता हूँ कि तुम एक ऐसे युवक हो जो मुझे भरोसे वाला नज़र आता है। मैंने तुम्हें हर तरह से परखा और तुम हर तरह से अच्छे ही साबित हुए। आज मैं तुम्हें अपने रिश्ते में बांधना चाहता हूँ।"

राम को समझ में नहीं आ रहा था कि कौन-सा रिश्ता। सीमा के पिताजी ने कहा -"देखो राम – मेरी एक भतीजी है जो आज तक विदेश में पढ़ाई कर रही थी। उसका इस दुनिया में मेरे सिवाय कोई नहीं है। उसका लालन-पालन मैंने ही किया है। मैं चाहता हूँ, यदि तुम्हें मंज़ूर हो तो मैं उसकी शादी तुम्हारे साथ करना चाहता हूँ।"

राम तो सोच में पड़ गया, कहाँ सीमा जैसी सुन्दरी और कहाँ उनकी भतीजी। वह चुप रहा। इतने में नौकर अन्दर आया और कहा -"साहब रीमा बेटी आ गई।" इतनी देर में वह राम के सामने पहुँच गई। राम ने नज़रे उठाकर देखा कि रीमा बिल्कुल सीमा जैसी नैन-नक्श वाली है, जैसे उसके सामने सीमा ही खड़ी हो। उसकी बोल-चाल भी बिल्कुल सीमा जैसे ही थी। राम को लगा जैसे सीमा ही उसके पास

खड़ी हो। वह तुरन्त उठा और अपनी माँ के पास चला गया। फिर देर किस बात की थी। शादी की शहनाइयाँ गूँज उठीं।

✸

आत्मा की मुक्ति

मधु ने एक गिलास पानी पिया और थोड़ा दम लिया। न जाने क्यों उसे डर लगा। बात यह थी वह अपनी सहेलियों के साथ पिकनिक पर गई थी। घूमते-घूमते वे बहुत दूर निकल गई थीं। पिकनिक का स्थान पहाड़ी स्थान था। वहाँ घना और दूर तक फैला जंगल था। मधु को यह ध्यान ही नहीं रहा कि उसकी सहेलियाँ कब वापस मुड़ीं और वह अकेली आगे की ओर निकल गई। ध्यान उसे तब आया जब उसने सामने एक चीते के बच्चे को देखा। मधु वहीं अचेत होकर गिर पड़ी। होश आने पर उसने अपने आप को सहेलियों के बीच पाया। वे सभी परेशान थीं कि मधु को न जाने क्या हो गया। उसे कौन सड़क पर छोड़ आया। मधु ने पानी पीते ही सारी दास्ताँ सुना दी। सभी गाड़ी में चढ़े और गाड़ी पूरी गति से चलने लगी। घर पहुँचते ही मधु के चाचा-चाची बाहर आए और देर से आने का कारण पूछा। मधु ने सारा वृत्तांत सुनाया। खाना खाते ही सभी सो गए। रात काफी बीत चुकी थी, तभी अचानक मधु की चीख निकल गई। उसकी चाची अपने कमरे से दौड़कर आई और मधु को संभाला, जो अचेत-सी बिस्तर पर पड़ी थी। मधु चाची से लिपट गई और रोने लगी। चाची ने कहा -"क्या बात है बेटा, तुम क्यों चिल्लाई?"

मधु ने कहा -"चाची, जैसे मुझे कोई अपनी तरफ खींचे जा रहा है। बहुत ही भयानक आकृति।"

चाची ने कहा -"तुम शायद पिकनिक में डर गई हो। चलो सो जाओ।"

इस रात मधु ने चाची को भी अपने पास सुलाया। अगले दिन मधु जब कॉलेज गई तो रास्ते में सुस्ती महसूस कर रही थी। कॉलेज में भी वह निढाल बैठी थी। किसी से खुलकर बात नहीं कर रही थी। घर आते ही वह कल वाली आकृति आँखों के सामने आती थी। वह जल्दी खाना खाकर सो गईं।

आज मधु गहरी नींद में सोई थी। उसने अपने आप को एक महल में पाया और घोड़े पर सवार होकर राजकुमारी की पोशाक पहनकर शिकार करने जंगल में जा रही है। उसके सिपाही जंगल से एक युवक को पकड़कर उसके सामने लाए और उसकी खूब पिटाई की। राजकुमारी ने मारने का कारण पूछा! सिपाही बोले - "राजकुमारी साहिबा, यह आपके बारे में बुरा-भला बोल रहा था इसलिए हम इसे आपके पास पकड़ कर लाए।" राजकुमारी ने युवक की वेश-भूषा देखी, जो बिल्कुल साधारण थी पर शक्ल से वह राजकुमार लगता था। युवक फिर चिल्लाया "छोड़ो मुझे, यह मेरी राजकुमारी है। तुम मुझे क्यों मार रहे हो?" ऐसा कहने पर सिपाहियों ने उसे फिर मारना शुरु किया। राजकुमारी हैरान थी..... आखिर यह क्या माज़रा है!

उसने आदेश दिया "छोड़ दो इसे, मत मारो। इसे बन्दी बनाकर ले जाओ।" वह सोचने लगी शायद यह कोई पागल होगा।

सिपाही युवक को बन्दी बनाकर ले गए। राजा को जब इस बात की खबर मिली, उसने आदेश दिया -"यह कौन है जिसने इतनी हिम्मत की कि मेरी बेटी के बारे में कुछ बुरा-भला कहे। इसे इसी समय जल्दी से किसी दूर जंगल में फेंक आओ ताकि वहाँ इसे जंगली जानवर खत्म कर दें।" सिपाही उस युवक को एक घने जंगल में छोड़ आए। उसे छोड़ जब वह वापस आए तो जंगली जानवरों का एक झुंड इस युवक पर झपट पड़ा। वह वहीं समाप्त हो गया, पर उसकी आत्मा तब से भटकती रही।

मधु की नींद अचानक खुल गई और बड़बड़ाने लगी -"मैं कहाँ हूँ?" इतने में उसकी चाची आ गई और कहा -"मधु उठो, क्या तुम्हें कॉलेज नहीं जाना है। यदि मैं तुझे जगाने न आती तो तुम्हें आज कॉलेज जाने में देर हो जाती।"

"नहीं – मैं कॉलेज नहीं जाऊँगी" और कहने लगी "क्या मैं कोई राजकुमारी हूँ।" वह इधर उधर की बातें करने लगी। उसे लग रहा था कि जैसे उसे कोई पुकार रहा है। वह उठी और बाहर की ओर जाने लगी। उसकी चाची सोच में पड़ गई और उसके पीछे-पीछे जाने लगी। वह यही समझ रही थी कि शायद मधु को किसी की नज़र लग गई है। पहले तो अच्छी-भली थी, न जाने अचानक आज यह क्या हो गया। वह मधु के लिए बहुत परेशान होने लगी। कहीं मधु को कुछ हुआ, तो क्या होगा क्योंकि उनकी यही एक मात्र संतान थी। मधु का भी इनके सिवाय और कोई नहीं था।

एक दिन घर पर कोई नहीं था। मधु अकेली ही बैठी पुस्तक पढ़ रही थी कि अचानक किसी के आने की आहट हुई। मधु ने आवाज़ लगाई, मगर कोई उत्तर नहीं मिला। वह घबराने लगी। थोड़ा साहस किया और आवाज़ की ओर जाने लगी। मधु ने फिर कहा -"कौन हो तुम? सामने क्यों नहीं आते हो!" परन्तु सामने कोई नहीं आया। अपितु एक अपरिचित आवाज़ आई -"मधु, मैं तुम्हारा राजकुमार हूँ। मेरी आत्मा भटक रही है। मुझे तुम ही मुक्ति दिला सकती हो।" इतने में मधु की चाची आ गई। उसने कहा -"मधु कौन है? तुम किसके साथ बात कर रही हो?" मधु ने जल्दी बात बदलते हुए कहा -"कुछ नहीं चाची, किताब ज़ोर-ज़ोर से पढ़ रही थी।" मधु ने यह बात जानकर छुपा दी। वह जानना चाहती थी कि आखिर यह राजकुमार वाला क्या किस्सा है जो उसने सपने में देखा था।

मधु की शादी के बहुत सारे रिश्ते आ रहे थे। आज भी उसके घर में कोई सज्जन एक अच्छा रिश्ता लेकर आए हुए थे। उसकी चाची ने अब यही ठीक समझा कि यदि मधु की शादी की जाए तो शायद उसका डर दूर हो जाए। बात पक्की हो गई।

मधु ने भी शादी से इंकार नहीं किया। उसने भी यही ठीक समझा क्योंकि उसे उस आकृति से डर लगता था। शायद शादी के बाद वह आकृति फिर नज़र न आए। उसने भी शादी के लिए 'हाँ' कहना ही ठीक समझा।

शाम को जब मधु बिस्तर पर लेटी तो वह बिना किसी डर के थी। परन्तु सोते ही वह आकृति सामने आ गई। उसने चिल्लाना चाहा परन्तु सांस रुक गई। वह कुछ भी कह न सकी। वही पहले वाली आवाज़ आई -"मधु तुमने ठीक किया कि तुमने डॉक्टर प्रकाश के साथ शादी करने का निश्चय किया परन्तु मेरी एक बात माननी पड़ेगी। जब शादी का दिन आयेगा तो तुम्हें डॉक्टर प्रकाश का खून करना होगा, जब भी तुम्हें मौका मिलेगा। उसकी मृत्यु हो जाएगी। उसके बाद उसके मृत शरीर में मेरी भटकती आत्मा प्रवेश करेगी। यदि तुमने ऐसा नहीं किया तो मैं तुम्हारे शरीर में जाकर तुम्हें हमेशा के लिए बर्बाद करूँगा।" इतना कहकर वह आकृति लुप्त हो गई। मधु की चीख निकल गई। उसकी चाची दौड़कर उसके कमरे में आई। उसने मधु को संभाला जो पसीने से लथपथ थी। मधु चाची से लिपट गई और सारा किस्सा सुनाया। दूसरे दिन चाची मधु को एक तांत्रिक के पास ले गई और उसे उस आकृति के बारे में सब कुछ सुनाया जो मधु ने कहा था। तांत्रिक ने मधु का भय दूर करने के लिए कुछ बातें समझाईं। मधु भी एक आज्ञाकारी की तरह सब कुछ करती रही।

तांत्रिक रोज़ मधु को देखने आता था। आज उसने एक मिट्टी का पुतला बनाया जिसकी आकृति बिल्कुल प्रकाश से मिलती थी। उस मिट्टी के पुतले को कपड़े पहनाए गए। मधु को उस पुतले के सामने बिठाया गया। तांत्रिक ने कुछ मंत्र पढ़े, थोड़ी देर के बाद वह मिट्टी का पुतला हिलने लगा। तांत्रिक मंत्र पढ़ता गया, मानो पुतले में जान आ गई हो। वह ज़ोर-ज़ोर से हिलने लगा। तांत्रिक ने एक तेज़ धार वाला चाकू उस पुतले के पेट में घोंप दिया। पुतला मानो कराह-सा उठा और नीचे गिर गया। तांत्रिक ने एक बोरी मंगवाई। उस पुतले को उसमें बंद किया। मधु बेसुध सी नीचे गिर गई। तांत्रिक ने कहा -"इस बोरी को दरिया में फेंक आओ।" वैसा ही किया गया।

आज मधु की शादी थी। दुल्हन को सजाया गया। बारात आई। प्रकाश दूल्हा बना था घोड़े पर सवार होकर। सब लोग दूल्हे को देखने बरामदे पर आ गए। दुल्हन कमरे में अकेली थी। एक आवाज़ आ गई -"मधु मैं आ गया हूँ। तुम मेरे सिवाय किसी की नहीं हो सकती हो क्योंकि तुम मेरी राजकुमारी हो।" मधु को लगा जैसे सचमुच का राजकुमार उसे लेने आया हो। उसे पिछले जन्म का सब कुछ याद आने लगा कि वह इस राजकुमार से कितना प्यार करती थी और वह इसके सिवाय अधूरी है। उसे याद आया कि वह एक राजकुमारी थी और अब उसे अपना बिछड़ा हुआ राजकुमार लेने आया है। मधु कहने लगी -"मेरे राजकुमार, मुझे अपने पास ले

चलो।" ऐसा कहते ही वह पलंग पर हमेशा के लिए सो गई। यह खबर फैलने में ज़्यादा देर नहीं लगी परन्तु होनी को कौन टाल सकता है। वह तो होकर ही रहती है।

✹

गायत्री

गायत्री को सुसराल वालों ने बहुत सताया, कारण दहेज नहीं कुछ और ही था। शादी के दूसरे दिन ही लड़का लंदन चला गया क्योंकि उसकी नौकरी वहीं थी। उसको बचपन से ही विदेश जाने का शौक था। उसने बहुत परिश्रम किया और विदेश जाने के काबिल बन गया। यहाँ तो नौकरी मिलना बहुत ही कठिन था। आखिर वह अपने मकसद में कामयाब हो गया पर परिवार वाले बाहर जाना नहीं चाहते थे परन्तु उसको बाहर जाने का भूत सवार हुआ था। आखिर उसे विदेश में नौकरी मिल गई। शादी के लिए भी उसे मजबूर किया गया। वह शादी करते ही लंदन वापिस चला गया। गायत्री एक कुशल और पढ़ी-लिखी लड़की थी। वह आजकल की लड़कियों जैसी नहीं थी। वह एक सीधी-साधी लड़की थी। उसे खबर थी कि शादी होते ही उसका पति उसे छोड़ के चला जाएगा। पर जाते-जाते उसके पति पंकज ने उसे आश्वासन दिया कि वह एक महीने के बाद उसको अपने साथ लंदन ले जाएगा, परन्तु अब एक साल हो गया। अभी तक पंकज की कोई ख़बर नहीं मिली। उसके माँ-बाप ने उसके साथ फोन पर बात करने की कोशिश की, परन्तु कोई उत्तर नहीं आया। उसके दफ़्तर में भी पता कराया, वहाँ से भी यही सूचना मिली कि वह यहाँ नहीं आया। घरवाले परेशान थे। वे गायत्री को सताने लगे -"तू कुलच्छनी है। जिस दिन से तू इस घर में आई है, हमारे बेटे का कोई अता-पता नहीं है।" गायत्री बहुत दुःखी हो गई थी। आजतक उसने अपने मायके वालों को भी यह बात नहीं बताई थी पर अब वह ज़्यादा दुःख सहन नहीं कर सकी और अपने मायके चली गई। माँ-बाप ने जब गायत्री का यह हाल देखा तो वे बहुत दुःखी हुए। उसकी आँखें अन्दर को धँसी हुई थी, होंठ सूखे थे और चेहरे का रंग पीला पड़ गया था। पहले वाली खूबसूरती बुझ गई थी। घर आते ही वह फूट-फूट कर रोने लगी। माँ-बाप को सारी बातें बताईं। उसकी एक छोटी बहन भी थी, पर भाई कोई नहीं था। वह भी अपनी दीदी की दशा देखकर बहुत दुःखी हुई। गायत्री ने कहा -"अब मैं कभी अपने सुसराल नहीं जाऊँगी, जब तक पंकज का कुछ पता नहीं चलता।" उसने यही ठान लिया कि वह आगे और पढ़ाई करेगी। उसके घर वाले भी उसके साथ सहमत हुए।

पंकज जब घर से निकला था तो उसको बीच रास्ते में ही आतंकवादियों ने अगवा किया था और उसके पास जो भी था, वह सब लेकर उसे ज़ख्मी हालत में सड़क पर छोड़ गए थे। कुछ भलेमानस पुरुषों ने उसे अस्पताल पहुँचाया। अब तो उसे पूरा एक साल अस्पताल में हुआ था। उसके दिमाग की कोई नस फट गई थी, जिसके कारण उसका शरीर सुन्न पड़ गया था। उसके मुँह पर इतने ज़ख्म आए थे कि वह पहचाना नहीं जाता था। उसकी शक्ल भी अजीब हो गई थी इसलिए वह

अस्पताल में लावारिस होकर पड़ा था। न वह कुछ बोल सकता था, न अपना शरीर हिला सकता था।

विधि की क्या करनी। इंसान क्या सोचता है और क्या हो जाता है। पंकज के माता-पिता लंदन में अपने बेटे की तलाश करते-करते थक चुके थे। हर बार यही उत्तर आता -"वह यहाँ आया ही नहीं है।" वह यही सोचते कि शायद हमारे बेटे ने वहाँ किसी और से शादी की हो और नौकरी भी कहीं और करता हो। यही वज़ह है, वह हमें अपना पता नहीं बता रहा है। जिसके मन में जो विचार आता वही कहता, पर क्या करते, सभी निराश थे।

गायत्री की नौकरी एक कॉलेज में लग गई। उसका दिल टूट चुका था, पर ज़माने के साथ चल रही थी। अपने मन का दु:ख किसी को नहीं बताती थी। धीरे-धीरे उसका रंग वापस आने लगा। उसकी छोटी बहन एम०बी०बी०एस० करने बाहर चली गई। गायत्री अब अकेली रह गई। अपनी बहन के साथ दिल बहला लेती थी पर अब क्या करे, अकेले रहना सहन करना था। माँ-बाप तो अपने घर के काम में लगे रहते थे। एक दिन बातों ही बातों में उसकी माँ ने कहा -"गायत्री – अकेले ज़िन्दगी कितने दिन जियेगी। माँ-बाप हमेशा साथ नहीं रहते। तू शादी कर ले।" पर गायत्री हर बार कहती –"मैं ऐसे ही ठीक हूँ। मुझे हालात के साथ समझौता करना आ गया है।"

कॉलेज में प्रोफेसर सुधीर बहुत ही भलेमानस और अच्छे विचारों के थे। कुछ दिनों पहले उनकी पत्नी का देहांत हुआ था। उनकी पत्नी दो साल की बच्ची को पीछे छोड़ कर चली गई थी। गायत्री उनको दु:खी देख कर अपना दु:ख भूल जाती थी। उसका मन सुधीर के साथ लग गया था। यहाँ तक कि अब दोनों एक-दूसरे के घर आते-जाते थे। सुधीर की बेटी वसुधा को गायत्री से बहुत प्यार था। वह रोज़ अपने डैडी से कहती -"आँटी क्यों नहीं आई!" और सुधीर गायत्री को इसी बहाने अपने घर बुलातें। उन्हें गायत्री की पिछली ज़िन्दगी के बारे में पता लग गया था। उनके मन में आया क्यों न मैं गायत्री के आगे अपनी शादी का प्रस्ताव रखूँ परन्तु हर बार दिल हिचकिचाता था। कहीं उसने इंकार किया तो वह कहीं का नहीं रहेगा और जो गायत्री के साथ मेरा और मेरी बच्ची का मेल-मिलाप है, उससे भी हाथ धोना पड़ेगा।

गायत्री की बहन नीलू ने एम०बी०बी०एस० की परीक्षा पास की। उस के बाद एम०डी० करने लगी। एम०डी० के बाद ही उसकी नौकरी दिल्ली के अस्पताल में लग गई। माँ-बाप ने चाहा कि अब उसकी शादी कर दें पर वह इंकार करती। उसने अपनी बहन का दु:ख देखा था। वह तो यही चाहती थी जिससे वह शादी करेगी, वह लड़का भारत में ही होना चाहिए और सगाई के बाद एक साल तक वह शादी नहीं करेगी, ताकि लड़के को अच्छी तरह परख ले। अभी तो शादी का कोई इरादा नहीं है।

नीलू आज डॉक्टरों के साथ राउंड पर थी। मरीज़ों को देख-देख कर वह पंकज के बेड तक पहुंच गई थी। बड़े डॉक्टर ने पंकज के बारे में सारी बातें बता दीं पर नीलू उसे पहचान नहीं पाई क्योंकि उसका चेहरा इतना बिगड़ा हुआ था कि पहचानना मुश्किल होता था। पंकज ने जब नीलू को देखा तो उसकी आँखों में आँसू आ गए। वह तो उसे पहचान गया था पर सारा शरीर सुन्न था और बोलने की शक्ति भी खो दी थी। केवल आँखें काम करती थीं। डॉक्टर उसकी आँखों में आँसू देखकर हैरान हुए पर उन्हें कुछ समझ नहीं आया। डॉक्टर ने कहा -"हो सकता है यह ठीक हो जायेगा क्योंकि आँखों से ये जो आँसू आ रहे हैं, वह अपनी शक्ति वापस लाने का प्रयत्न कर रहा है।" इसके बाद अगले मरीज़ को देखने लगे। इस वार्ड में इसी प्रकार के मरीज़ थे। अगले दिन नीलू फिर इसी वार्ड के मरीज़ों को देखने गई। जब नीलू पंकज के बेड के पास पहुँची, उसे देखकर उसकी आँखों में आँसू आ गए। उसने थोड़ा-सा हाथ हिलाने की कोशिश की। डॉक्टर यह देखकर फिर हैरान हुए। उन्होंने कहा -"पाँच साल हो गए। आजतक इसने शरीर के किसी अंग को नहीं हिलाया पर नीलू को देखकर इसकी आँखों में आँसू आ गए और आज हाथ भी हिलाया। यह क्या कहानी है। ज़रूर यह डॉक्टर नीलू को जानता है। इसके साथ इसका कोई दूर का सम्बन्ध होगा।" डॉक्टर को लगा शायद यह मरीज़ ठीक हो जाए, इसलिए नीलू की ड्यूटी इसी वार्ड में लगाई जाए। नीलू ने भी 'हाँ' में सहमति दी। न जाने क्यों नीलू के दिल में भी उस अनजान के लिए इतनी हमदर्दी होने लगी।

नीलू रोज पंकज को देखने आती। उसके शरीर में भी पहले से थोड़ा सुधार आने लगा। कभी हाथ तो कभी पैर हिलाने की कोशिश करता। इस प्रकार डॉक्टर को भी थोड़ी आशा की किरण नज़र आने लगी।

इधर सुधीर ने ठान लिया कि वह गायत्री के सामने शादी का प्रस्ताव रखेगा और वह समय आ गया। वह गायत्री के घर पर ही बैठा था। माँ चाय लाई, जब वह बाहर गई तो चाय का सिप लेते सुधीर ने बात छेड़ दी -"गायत्री जी, मेरी बच्ची आपसे कितनी घुल मिल गई है। आपने न जाने उस पर कौन-सा जादू किया है। यह तो रात को भी सोते-सोते आपको पुकारती रहती है।" इतनी देर में गायत्री की माँ अन्दर आ गई। उसने बात छेड़ ही दी -"बेटा, गायत्री के लिए कोई लड़का नज़र में है? इसके लिए यही अच्छा रहेगा कि यह किसी के घर चली जाए। माँ-बाप तो हमेशा साथ नहीं रहते।" सुधीर गायत्री की ओर देखता रहा और गायत्री माँ की बातें सुन कर चुप ही रही। इसका यही अर्थ था कि वह शादी के लिए सहमत है और उसकी कमज़ोरी वसुधा थी जिसके लिए वह कुछ भी कर सकती थी। माँ समझ गई कि उसका निशाना सीधा पड़ा। वह कमरे से चली गई। सुधीर के जाने के बाद माँ ने गायत्री से कहा -"कितना अच्छा लड़का है। क्या मैं इसकी माँ से तुम्हारे बारे में बात

करूँ।" अब भी गायत्री चुप रही। माँ समझ गई कि गायत्री शादी के लिए तैयार है। वह जानती थी कि अब उसकी बेटी वसुधा के बगैर नहीं रह सकती। फिर देर किस बात की। सुधीर के घर वालों को खबर पहुँचा दी गई। माँ ने नीलू को फोन किया और गायत्री के बारे में सब कुछ बता दिया। नीलू बहुत खुश हुई क्योंकि वह भी चाहती थी कि उसकी बहन का घर बस जाए और वह नया जीवन शुरू करे। शादी का दिन पक्का हुआ।

पंकज दिन-ब-दिन थोड़ा हिलने डुलने लगा पर अभी उसमें बोलने और हाथ उठाने की शक्ति नहीं थी। एक दिन नीलू पंकज को दवाई पिला रही थी कि मोबाइल बज उठा। नीलू ने मोबाइल उठाया। वहाँ से गायत्री बोल रही थी -"नीलू" ..... "हेलो दीदी कैसी हो।" पंकज ने जब सुना कि फोन पर उसकी दीदी गायत्री है तो उसके दिल ने चाहा कि उसके हाथ से फोन छीनकर अपनी गायत्री से बात करे और कहे कि मैं जीवित हूँ। मैंने तुम्हारे साथ कोई धोखा नहीं किया है। मैंने वादा किया था कि मैं तुझे अपने साथ ले जाऊँगा पर हालात ने हमें एक-दूसरे से अलग किया। उसका दिल चाहा कि गायत्री को बाहों में भर कर सारा गिला दूर कर दे पर सब बेकार था। नीलू दीदी से कह रही थी -"क्या वह वही प्रोफेसर सुधीर हैं जो आपके कॉलेज में पढ़ाते हैं! बहुत अच्छा है और उसकी बेटी वसुधा भी कितनी प्यारी बच्ची है। दीदी, आप वहाँ बहुत सुखी रहोगी। अबतक तो आपने बहुत दुःख उठाए हैं। क्या शादी का दिन भी पक्का हो गया है?"

दीदी ने कहा -"हाँ नीलू। एक महीना रह गया है।"

"क्या एक महीना! बस फिर बहुत कम दिन रह गए हैं।"

नीलू ने कहा -"मुझे तो छुट्टी के लिए भी स्वीकृति लेनी है। क्या पता छुट्टी मिले न मिले। मुझे तो अभी थोड़ा ही समय यहाँ हुआ है। खैर कोशिश करुँगी।" इतनी देर में वहाँ डॉक्टर दिनेश आ गए और नीलू से कहा -"क्या बात है। फोन पर इतनी देर से बातें हो रही हैं।"

नीलू ने कहा -"सर, यह मेरी दीदी का फोन था। उसकी अगले महीने शादी है। अब मुझे आने के लिए कह रही थी ताकि शादी का सामान वगैरह ला सके। घर में हम दो ही लड़कियाँ हैं। कोई और काम करने वाला नहीं है। हमें ही सारी तैयारी करनी है।" पंकज ने जब यह सुना तो उसकी जान ही निकलने लगी। जितना वह बीमारी से आगे आया था उतना ही वह पीछे होने लगा। आँखें आँसुओं से भर गई। नीलू तो कब की चली गई थी।

अगले दिन नीलू पंकज को देख कर कुछ परेशान होने लगी। उसकी हालत बिल्कुल पहले जैसी थी। उसने जल्दी डॉक्टर दिनेश को बुलाया। डॉक्टर भी हैरान हुआ। पंकज तो फिर से पहले वाली हालत में था। अब तो फिर से पहले वाला

इलाज शुरु करना पड़ा पर पंकज के अन्दर का इलाज नहीं हो सका। जो चोट पहले लगी थी, उससे ज़्यादा अब चोट लगी थी। जिसके लिए फिर से ठीक होना चाहता था, वह तो हाथ से चली गई। उसने सोचा अब तो जीना बेकार है, केवल यादें ही रह गई हैं।

नीलू को छुट्टी नहीं मिल रही थी। शादी को कुछ दिन ही रह गए थे। गायत्री को मजबूर होकर नीलू के पास आना पड़ा ताकि वहाँ वह डॉक्टर से खुद छुट्टी के बारे में बात कर सके। अस्पताल पहुँचते ही वह डॉक्टर दिनेश से मिली और नीलू के बारे में पूछा। पता चला कि वह पंकज के वार्ड में है। गायत्री भी वहीं चली गई। नीलू पंकज के पास ही थी। गायत्री वहीं पहुँची। उसने नीलू को गले लगाया। पंकज की नज़र जब गायत्री पर पड़ी तो उसने कुछ बोलना चाहा, पर बोल नहीं पाया, पर बेड ज़ोर-ज़ोर से हिलाने लगा। लगता था पंकज उठने की कोशिश कर रहा हो। नीलू ने दीदी को छोड़ दिया और पंकज को देखने लगी।

गायत्री ने पंकज को ध्यान से देखा। उसको शक्ल कुछ जानी पहचानी लगी। दिल से दिल की राह होती है। सच ही तो था। उसने अपने पंकज को पहचान लिया था और नीलू से कहा -"यह मेरा पंकज है।" नीलू ने जब गौर से देखा तो वह भी चिल्लाई –"हाँ दीदी, यह जीजाजी ही हैं।" डॉक्टर दिनेश ने जब यह देखा तो उसका अनुमान हकीकत में बदल गया। उसे पहले भी अनुमान था कि नीलू का इसके साथ कोई सम्बन्ध है।

गायत्री खुशी से पागल हो गई थी। उसने नीलू से कहा -"घर फोन करो।" नीलू ने वैसा ही किया। उसके माँ-बाप ने यह सुना तो उनकी खुशी की सीमा नहीं रही। डॉक्टर दिनेश ने कहा -"आप पंकज को घर ले जाओ। घर के माहौल में इसकी हालात धीरे-धीरे सुधर जाएगी।" उसी समय पंकज के घरवालों को खबर भेजी गई। वह भी शाम तक पहुँच गए। उसकी हालत देखकर सभी दुखी हो गए। पंकज की आँखें भी आँसुओं से भर आईं जब उसने अपनों को देखा।

पंकज को घर लाया गया। गायत्री भी उसी के साथ अपने ससुराल चली गई। उसके सास-ससुर अपने किए पर पछता रहे थे क्योंकि उन्होंने देवी जैसी बहू को सताया था। गायत्री के ससुराल वालों के यह मालूम नहीं था कि उसकी शादी हो रही है।

गायत्री के घर वाले बहुत परेशान थे क्योंकि शादी को कुछ दिन ही रह गए थे। गायत्री भी खुद परेशान थी। उसने तो पंकज को पाकर ही मन से शादी का ख्याल छोड़ दिया था पर बच्ची का प्यार तड़पा रहा था। वह तो इसी परेशानी में थी जब उसे पंकज की खबर मिलेगी तो सुधीर की क्या दशा होगी। सारा परिवार असमंजस में था कि अब क्या होगा। माँ ने नीलू को अपने पास बुलाया और कहा -"नीलू – एक बात मानोगी, जिससे हमारी परेशानी दूर हो जाएगी।" नीलू समझ गई

कि माँ क्या कहना चाहती है पर कुछ कह नहीं पा रही थी। उसके मन ने कहा - एक बेटी की वजह से हमारे माँ-बाप ने कितना दुःख उठाया। अब उसका मन कह रहा था कि यदि तुम माँ-बाप को खुश देखना चाहती हो, तो अपने अरमानों का गला घोंट दो। उसने माँ से कहा -"मैं समझ गई माँ कि आप क्या कहना चाहती हो। यही ना कि मैं सुधीर से शादी कर लू।" माँ चुप रही। एक बेटी की खुशी के लिए वह दूसरी बेटी का गला घोंट रही थी। उसने चाहा कि मैं नीलू से ज़्यादा जबदस्ती न करूँ, पर नीलू ने कहा -"माँ आप खुश रहो, वसुधा को हमें अपने पास रखना है। वह तो दीदी की जान है। उसके बिना वह जी नहीं सकेगी।"

अगले दिन सुधीर को पंकज के बारे में बताया गया। पंकज की बात सुनते ही उसका दिल बैठ गया। वह अपनी किस्मत को कोसने लगा। वह उदास बैठा सोच रहा था कि फोन की घंटी बज उठी। उसने रिसीवर उठाया। फोन पर गायत्री की माँ बोल रही थी -"सुधीर बेटा, कैसे हो। आप निराश मत हो जाओ। हमने आप के लिए दूसरा फैसला किया है। यदि आपकी सहमति हो तो...।" सुधीर आवाक् सुनता रहा। माँ ने नीलू के बारे में कहा कि वह उसके साथ शादी करना चाहती है। यह सुनकर सुधीर ने कहा -"माँ आप नीलू को क्यों शादी के लिए विवश कर रही हो। उसके भी तो कुछ अरमान हैं। मुझे मेरे हाल पर छोड़ दो। मेरी किस्मत में जो लिखा है वही होगा।" माँ ने कहा -"नहीं बेटा, नीलू शादी के लिए तैयार है। हम बच्ची को खोना नहीं चाहते हैं। हम उसे अपने पास रखेंगे।"

गायत्री पंकज को पाकर बहुत खुश थी। उसे खोया हुआ प्यार मिल गया था पर पंकज जो कुछ बोल नहीं पा रहा था, उसे हर बात की खबर थी। वह चाहता था कि गायत्री से कहे कि तू सुधीर की हो जा। मैं अब तुम्हारे काबिल नहीं रहा। मेरा शरीर एक मिट्टी का पुतला है। एक जगह पर टिका हुआ है पर वह कहने से विवश था। इतने में माँ का फोन आया। माँ ने कहा -"गायत्री, नीलू की शादी सुधीर के साथ हो रही है।" गायत्री को इस बात की सुध नहीं थी कि उसकी शादी कुछ ही दिनों में सुधीर के साथ होने वाली थी। गायत्री ने सहसा कहा -"नीलू की शादी सुधीर के साथ!"

माँ ने कहा "हाँ, और वसुधा को जो तुम्हारे पास छोड़ना है।" गायत्री को ध्यान आया "वसुधा मेरी प्यारी बच्ची! हाँ, हाँ उसे मेरे हवाले कर दो। वह मेरी जान है यानि हम दोनों की जान।" माँ बहुत खुश हुई जब उसने गायत्री का फैसला सुना और उधर नीलू सुधीर की शादी हो गई।

✹

बरसती आँखें

कमल कई सालों से एक अच्छे जीवन-साथी की खोज में था, परन्तु उसे आजतक कोई मनपसन्द साथी नहीं मिला। उसने अपनी ज़िन्दगी में परिश्रम करके बहुत धन कमाया। दुःख तो इस बात का था कि उसे एक अच्छा जीवनसाथी नहीं मिल रहा था। माँ-बाप अरमान लेकर ही चल बसे थे। उसकी केवल दो बहनें थीं, जो उसे कई लड़कियाँ दिखाकर थक चुकी थीं। कमल को कोई पसंद नहीं आती थी। हर एक देखी हुई लड़की में कोई न कोई नुक्स निकाल लेता था। अब तो लड़कियाँ देखकर थक चुका था और दिन-ब-दिन अकेलापन महसूस करने लगा था। अपने दिन के कारोबार से निपटकर वह अक्सर अपने मित्रों के यहाँ जाया करता था।

आज रविवार था। कमल ने सोचा क्यों न आज मैं किसी पार्क में चला जाऊँ। वहीं थोड़ा बहुत समय व्यतीत करूँ। उसने थोड़ा-सा खाने का सामान उठाया और अपनी गाड़ी निकाली और एक अच्छे-से पार्क में चला गया। बसंत का मौसम था। चारों ओर हरियाली छाई हुई थी। पार्क भी फूलों से भरा था। वहाँ बहुत सारे लोग आए हुए थे। वह भी पार्क के एक कोने में पेड़ के नीचे बैठ गया। कुछ खाने के बाद वह लोगों की चहल-पहल देखने में व्यस्त हुआ। इतने में एक गाड़ी पार्क के सामने रुक गई। उस गाड़ी में से पाँच बन्दे उतरे जिनमें एक-दो बच्चे भी थे। एक दो औरतें भी थी, जिनमें एक सुन्दर-सी लड़की थी। उसे देखकर कमल का दिल बैठ गया। ऐसी सुन्दरता उसने आजतक नहीं देखी थी। उसे समझने में देर नहीं लगी कि ये एक ही परिवार के सदस्य हैं। वे सभी अपना सामान लेकर कमल की बगल में बैठ गए। खाना खाने के बाद बच्चों ने गेंद निकाली और खेलने लगे। खेलते-खेलते गेंद कमल के ऊपर गिर पड़ी। बच्चा गेंद लेने दौड़कर उसके पास आ गया। कमल ने जानकर छेड़खानी की। उसने बच्चे को गेंद देने से इन्कार किया। बच्चा चिल्लाया -"मेरी बॉल दे दो।" इतने में उसकी मम्मी आई और कहा -"कोई बात नहीं बेटा, अंकल गेंद दे देंगे, चिल्लाते क्यों हो ?" कमल को बात करने का अवसर मिल गया -"यह लो अपना बॉल। मेरे साथ खेलोगे।" कमल ने छेड़ते हुए कहा।

"हाँ।" बच्चा खुश हुआ।

"चलो मैं भी खेलता हूँ" और वह भी बच्चों के साथ खेलने लगा। कमल बीच में कभी-कभी उस सुन्दरता की मूर्ति को भी निहारता जाता था। चार बजे का समय था। उन्होंने चाय का थरमस निकाला और चाय पीने लगे। उन्होंने उसे भी चाय पीने के लिए आग्रह किया। पहले तो उसने पीने से इन्कार किया, परन्तु वह विवश था और चाय पीने के लिए तैयार हुआ।

संध्या होने वाली थी। सभी अपने-अपने घरों को जाने लगे। कमल ने भी जाने की तैयारी की और उन लोगों से जाने की अनुमति ली -"चाय के लिए धन्यवाद!" उनके एक सदस्य ने कहा -"आप कैसी बात कर रहे हैं। अरे, दाने-दाने पे खाने वाले का नाम लिखा होता है। इसमें कौन सी बड़ी बात है। यह चाय की घूँट आप के नाम लिखी थी। कभी हमारे घर आना। हमें आप से मिलकर बहुत अच्छा लगा। खासकर हमारे बच्चों को आप बहुत भा गए हो। यह लो मेरा पता।" यह कहकर सभी वहाँ से चले गए। कमल ने भी यही ठीक समझा क्योंकि उसको तो इसी बात का इन्तज़ार था।

कमल के मन में उसी सुन्दरता की मूर्ति ने घर बना लिया था, जो हर पल उसकी आँखों में समाई हुई थी। वह यही सोचता रहा, यदि शादी करूँगा तो इसी लड़की से। वह तो चहरे से ही सुशील लगती है। उसकी आँखें झील में खिले कमल की तरह हैं। वे आँखें जो एक छलके हुए जाम के समान हैं जिसे कोई भी पीने के लिए तरसता है। उसके दिल में वही दो आँखें समाई हुई थीं। रात तो उसने ख्यालों में बिताई। सुबह वह अपने काम में निकल पड़ा। शाम होते ही वह अपने करीबी मित्र रमेश के यहाँ चला गया और उसे पार्क वाली घटना सुना दी। रमेश बहुत खुश हुआ। वह क्या, सभी यही चाहते थे कि वह कब शादी के लिए हाँ करे तो शहनाइयाँ बजें। रमेश ने कहा -"क्या लड़की ने तुझे पसंद किया? क्या उसने तेरे साथ बात की?"

"नहीं!" कमल ने उत्तर दिया। "अभी तो एक तरफा प्यार है। न जाने लड़की मुझे पसंद करेगी भी या नहीं!"

रमेश ने गहरी साँस ली -"तो अभी यहाँ तक ही बात पहुँची, कोई बात नहीं मित्र, मैं तेरे लिए आगे बात बढ़ाऊँगा। क्या लड़की वालों का कोई अता-पता है?"

"हाँ!" कमल ने कहा।

उस दिन रविवार ही था। कमल और रमेश लड़की के घर चले गए। बड़ी ही आलीशान कोठी थी, रमेश ने कॉल बैल दबाया। थोड़ी ही देर में नौकर ने दरवाज़ा खोला -"आप किससे मिलना चाहते हैं?" नौकर ने कहा।

"क्या राम बाबू यहाँ हैं?" रमेश ने कहा।

"जी हाँ, आइए।" दोनों अन्दर चले गए। राम बाबू और उसके छोटे भाई घर पर ही थे। दोनों का स्वागत हुआ और उन्हें एक बड़े कमरे में बिठाया गया। कमल ने बात शुरु की -"दरअसल मैं अपने कारोबार के बारे में आप से बात करने आया था। बात यह है कि मैं अकेले इतना बड़ा कारोबार सम्भाल नहीं सकता। मैंने सोचा आप भी कारोबारी लोग हैं, क्यों न आप से कोई सहायता लूँ ताकि कारोबार में बढ़ावा आ सके। इसके लिए मैं आपकी सहायता चाहता हूँ। परन्तु मुझे एक ऐसे भरोसेमंद आदमी की आवश्यकता है जो काम की अच्छी तरह से ज़िम्मेवारी निभा सके वर्ना मैं

इतना ही कारोबार सीमित रख सकूँ, जितना चल रहा है। इसके बारे में मुझे कोई राय दीजिए।" कमल ने विनती भरे शब्दों में राम बाबू से कहा।

उन्होंने थोड़ी देर सोचकर कहा -"मैं इस विषय पर विचार करुँगा और आप को सूचित करुँगा।" कमल ने जाने की अनुमति ली पर राम बाबू ने रोक लिया। "नहीं चाय-पानी के बिना कैसे जा सकते हो? अब जब आए ही हो तो थोड़ी देर गप-शप लगा कर चले जाना।" कमल और राम बाबू ऐसे बातें कर रहे थे जैसे कई सालों से एक-दूसरे को जानते हो। रमेश को ऐसा ही महसूस हो रहा था।

राम ने आवाज़ लगाई -"आरती... ।"

"आई भैया।"

"ज़रा दो-तीन कप चाय लाना।"

"ला रही हूँ भैया।" आरती ने जवाब दिया। थोड़ी देर में आरती चाय लेकर आ गई। रमेश ने जब लड़की को देखा तो देखते ही रह गहा। उसने कमल की ओर देखकर इशारों से ही कह दिया कि तेरी पसंद की दाद देता हूँ। चाय पीने के बाद आरती दूसरी बार कमरें में खाली कप लेने आई। उसने रमेश की ओर एक नज़र डाल दी और कमरे से चली गई। थोड़ी देर के बाद कमल और रमेश भी चले गए पर जाते समय राम बाबू ने कमल को फिर आने के लिए कहा।

रास्ते में कमल चुप-चाप सा चला जा रहा था। रमेश ने बात छेड़ दी - "यार तेरी पसंद की दाद देनी पड़ेगी।" कमल ने कहा -"अरे वह लड़की कोई और थी।"

"तो यह आरती कौन थी?"

"यही तो समझ में नहीं आ रहा है। उस दिन पार्क में कोई और सुन्दरता की मूर्ति थी।"

"पर यह भी कुछ कम नहीं थी।" रमेश ने कहा।

"परन्तु वही मेरे दिल की गहराई में समाई हुई है।" कमल ने कहा -"रमेश तुम्हें मेरे लिए यह काम किसी भी तरीके से करना होगा। यदि मैं शादी करूँगा तो उसी लड़की से..... वर्ना मैं ज़िंदगी भर कुँवारा ही रहूँगा।"

रमेश ने कहा -"कोई बात नहीं यार, आहिस्ता-आहिस्ता सब काम हो जाएगा। ज़्यादा बेताब होने की ज़रूरत नहीं है। ऐसे काम इतनी जल्दी नहीं होते हैं। अभी तो मैंने तेरी वाली को देखा नहीं। फिलहाल आरती मेरा दिल ले गई।" बातें करते-करते घर के पास भी पहुँच गए। रमेश अपने घर चला गया और कमल उस सुंदरता की मूर्ति की याद में खो गया।

दो-चार दिन कमल ने मुश्किल से बिताए। उसके कदम राम-बाबू के घर की ओर चल पड़े। दस्तक देने पर वही सुन्दरता की मूर्ति दरवाज़े पर खड़ी थी। उसे देखकर कमल की आँखें उससे टकराई। उसे लगा उसका दिल बैठ गया। धड़कन तेज़ होती गई। लड़की एक ओर सरक गई। कमल अन्दर चला गया और लड़की दूसरे कमरे में चली गई। इतने में राम-बाबू आए और आवाज़ लगाई "ज़रा चाय तो लाना।" थोड़ी देर में वही लड़की चाय के दो कप लेकर आई। कमल उसे देखता ही रह गया। वह भी कमल की ओर प्यार भरी नज़रों से निहारती गई। दूसरी बार खाली कप लेने आई तो कमल की किस्मत खुल गई। वह उसे चोरी से देखता रहा। उसके चले जाने के बाद कमल ने कहा -"राम-बाबू क्या आपकी धर्मपत्नी यहाँ नहीं है? छोटे बच्चे नज़र नहीं आ रहे हैं?"

राम ने कहा -"बच्चे तो स्कूल गए हैं। मेरी पत्नी की तबियत थोड़ी खराब है और यह मेरी बहन संध्या चाय लेकर आई थी। दूसरी बहन आरती कॉलेज चली गई है।" राम ने जब संध्या का नाम लिया तो कमल के दिल ने कहा जितना नाम सुन्दर है उतनी ही उसकी सूरत भी सुन्दर है। वह तो उसी संध्या की लाली की तरह शर्मीली सी..... । कमल अब ज़्यादा देर रुकना नहीं चाहता था। वह अपने मित्र रमेश को संध्या के बारे में बताना चाहता था।

रमेश को जब पता चला कि कमल आरती को नहीं चाहता है, वह और कोई है तो उसने आरती को अपने मन में बसा लिया। कमल ने उसको सारा माजरा बता दिया। अब तो दोनों एक-दूसरे की बात जान गए। रमेश आरती को चाहने लगा और कमल संध्या को परन्तु दोनों बहनें अभी इस बात से अनजान थीं।

एक दिन रमेश ने कमल से कहा -"यार, अब तो हमें राम बाबू से शादी के बारे में बात कर लेनी चाहिए।"

कमल तो यह बात कहने की हिम्मत नही कर सकता था इसलिए उसने रमेश को ही आगे किया और राम बाबू से बात करने को कहा। दोनों ने यही फैसला किया।

रमेश ऑफिस जा रहा था कि रास्ते में आरती अपनी सहेलियों के साथ जा रही थी। रमेश आगे बढा और आरती से कहा -"हेलो, कैसी हो आरती? राम बाबू के क्या हाल-चाल हैं?" उसने ऐसे बात की जैसे उसे वर्षों से जानता हो। आरती ने भी हाथ जोड़कर रमेश को नमस्ते किया। दोनों की आँखें एक हुई। आरती की सहेलियाँ रमेश को देखकर कुछ शक में पड़ गई। उन्होंने रमेश के जाते ही कहा -"आखिर माजरा क्या है? यह रमेश कौन है?" उन्होंने आरती की आँखों में रमेश के लिए प्यार देखा। उस रात दोनों को नींद नहीं आई क्योंकि दोनों ही पहली नज़र में एक-दूसरे को चाहने लगे थे। आरती को वह उसी दिन भा गया था जब वह पहली बार उसके घर

आया था। वह तो था ही मसखरा-सा। कोई भी लड़की उसे देखकर दिल खो बैठती थी पर रमेश को केवल आरती ही भा गई थी। आखिर कितने दिन वह इंतज़ार करता। उसने फैसला किया कि आज वह रामबाबू से बात करके रहेगा। ऑफिस से आते ही वह रामबाबू के घर चला गया परन्तु वह घर पर नहीं थे पर उनकी पत्नी घर पर ही थी। चार बजे का समय था, बच्चे भी स्कूल से आए थे। राम की पत्नी ने कहा -"बैठ जाइए, थोड़ी देर में आ जाएंगे।" रमेश तो यही चाहता था परन्तु उसका दिल धड़क रहा था कि राम के आते वह किस तरह अपनी और कमल की बात छेड़ेगा। वह इन्हीं विचारों में था कि आरती चाय लेकर आ गई। रमेश जैसे नींद से जाग गया। आरती ने चाय टेबल पर रखकर नमस्ते किया। रमेश ने भी जल्दी से सिर हिला दिया और कहा -"बैठ जाइए?" इतने में राम की पत्नी आई और रमेश की साथ वाली कुर्सी पर बैठ गई। आपस में इधर-उधर की बातें होने लगी। रमेश ने सोचा क्यों न मैं पहले कमल और संध्या की बात छेड़ दूँ। देखता हूँ बात कहाँ तक पहुँचती है! अपनी बात बाद में कर लूँगा। कमल तो बहुत बेताब है शादी के लिए।

रमेश ने बात छेड़ दी -"आरती आप की बहन नज़र नहीं आ रही हैं। वह कहाँ हैं?"

"अपने कमरे में कोई पुस्तक पढ़ रही होगी।'' आरती ने उत्तर दिया। "उसका काम तो यही है। सारे घर का काम निपटाने के बाद वह कोई उपन्यास या कोई और पुस्तक लेकर अपना समय बिताती है।"

"क्यों? क्या उसने सारी परीक्षाएँ पास की हैं?" रमेश ने कहा।

आरती इस बात पर चुप रही परन्तु उसकी भाभी जल्दी बोल उठी -"नहीं रमेश जी, ऐसी बात नहीं है। उसने केवल सात कक्षाएँ पास की है।"

रमेश हैरान हुआ -"क्यों? उसने आगे क्यों नहीं पढ़ा। जब आरती कॉलेज तक पहुँची तो उसकी बहन संध्या सातवीं कक्षा तक ही क्यों रह गई?" उसके मन में कई प्रश्न उठे। आरती और उसकी भाभी मौन रहे। रमेश की बेचैनी बढ़ने लगी - "आप चुप क्यों हो? कुछ कहते क्यों नहीं हो?" इतने में राम बाबू आ गए। आते ही उसने रमेश से हाल-चाल पूछा -"आप कब आए? क्या कमल जी ठीक हैं?"

रमेश ने कहा -"जी सब ठीक है। मैं यहाँ से गुज़र रहा था सोचा चलो आपके दर्शन कर लेता हूँ।" राम जो स्वभाव से बड़े ही निर्मल थे, कहा -"हमारे धन्य भाग्य हैं जो आप लोग कभी-कभी हमारे यहाँ रौनक बढ़ाने आते हो। कमल को भी साथ लाना था।"

"जी उसे किसी आवश्यक काम से कहीं जाना था।" रमेश ने कहा।

"अरे ज़रा रमेश जी के लिए चाय लेकर तो आना!"

"जी नहीं, मैंने तो अभी-अभी चाय पी है।"

"कोई बात नहीं, क्या फिर एक बार पी नहीं सकते मेरे साथ!" राम ने कहा "मुझे यदि खाने के बदले चाय ही कई बार मिले, तो अच्छा लगता है।" वह तो बोले जा रहे थे परन्तु रमेश के दिल में शक ने घर लिया था। उसने ठान लिया संध्या के बारे में पूछकर ही यहाँ से जाऊँगा। चाय के सिप लेते-लेते रमेश ने कहा -"सुना है आपकी बहन आरती पढ़ती है और संध्या ने पढ़ाई छोड़ दी है। उसको घर के काम में लगाया है। भई! यह तो अन्याय हुआ एक बहन को पढ़ाया जाए और दूसरी को घर के काम में लगाया जाए।" उसने जानकर यह कहा क्योंकि उसके मन को जानने की जिज्ञासा थी कि आखिर संध्या ने पढ़ाई क्यों छोड़ दी है?

राम थोड़ी देर चुप रहकर बोले। वह उदास मन से कहने लगे -"रमेश जी, क्या बताए हम पर किन मुसीबतों का पहाड़ टूट पड़ा है।"

रमेश हैरान हुआ और कहा -"क्यों? क्या हुआ!"

राम ने कहना शुरु किया -"आज से दस साल पहले की बात है। हम गर्मियों की छुट्टियों में शिमला गए हुए थे। साथ में मेरे माता-पिता भी थे। मेरा भाई तथा आरती व संध्या भी साथ थी। कम से कम हम वहाँ एक महीना रहें। वापस आते समय ट्रेन में कुछ डाकू हमारे डिब्बे में घुस गए और गोलियों की बौछार होने लगी। कई लोग भागने में सफल हुए। कई वहीं ढेर हो गए। हमने भी जान बचाने के लिए सब कुछ वहीं छोड़ दिया और भाग गए। संध्या की उस समय एक चीख निकली और अचेत होकर गिर पड़ी। हमने उसे उठाया और किसी तरह अपने आपको बचाकर भाग निकले। घर आकर संध्या ने कई दिनों तक बात ही नहीं की। उसका महीनों तक इलाज हुआ परन्तु बोल नहीं पाई। डाक्टरों का कहना है कि उसने इस भयानक हादसे में अपनी आवाज़ खो दी है। तब से आजतक, वह बोल नहीं पाई।" यह सुनते ही रमेश का दिल बैठ गया। जो वह कहने आया था, वह सब भूल गया। वह सोचने लगा, यह बात सुनकर मेरा दिल बैठ गया, यदि कमल सुनेगा तो उसका क्या होगा। उसकी आशाओं पर पानी फिर जाएगा। आज कई सालों के बाद उसे कोई लड़की पसंद आई थी, जो संध्या थी, पर जब वह यह सुनेगा कि वह बेज़ुबान है, तो उसका क्या हाल होगा। इतने में संध्या वहाँ आई, जो यह सब बातें सुन चुकी थी। उसकी आँखों से टप-टप आँसू बह रहे थे। मानो खिले कमल से शबनम की बूंदे गिर रही हों। उसका मन शांत था, ज़ुबान बंद थी, केवल उसकी आँखें ही सब बोल उठती थी। चाहे गम हो या खुशी, आँखों से ही समझ में आता था कि वह सुखी है या दुःखी है।

रमेश घर चला गया पर उसको रात भर नींद नहीं आई। सारी रात करवटें बदलता रहा। वह केवल कमल के बारे में सोचता रहा। क्या होगा जब वह संध्या के बारे में सुनेगा? क्या वह उसके साथ शादी करेगा और करेगा भी कैसे, उम्र भर तो उसे भी फिर मूक रहना पड़ेगा। नहीं मैं ऐसा करने नहीं दूँगा, किसी भी तरीके से

उसके साथ शादी का फैसला टाल दूँगा। यही सोचते-सोचते उसकी आँख न जाने कब लग गई। सुबह बहुत देर से उसकी आँख खुली। उसने ऑफिस न जाने का फैसला किया। उस दिन वह कहीं बाहर भी नहीं गया। अपने कमरे में ही बैठा रहा। उसकी माँ चिंता में पड़ गई। यही सोचकर शायद रमेश की तबीयत ठीक नहीं है वह चाय लेकर आई, पर उसने पीने से इंकार कर दिया और कहा -"मेरी तबीयत ठीक नहीं है।"

कमल भी रात भर नहीं सोया। यही सोचता रहा न जाने संध्या के घर वालों ने क्या कहा होगा! न जाने मामला फिट हुआ या विपरीत हुआ! नींद से उठते ही उसने हाथ-मुँह धोया। यही सोचकर कि आज वह रमेश के घर पर ही नाश्ता करेगा। रमेश के घर पहुँचते ही पहले उसकी माँ से सामना हुआ। वह तो सीधे रमेश से मिलना चाहता था। रमेश की माँ ने थोड़ा रुष्ट होकर कहा -"क्या बात है कमल - अपनी माँ का हाल नहीं पूछेगा।"

"हाँ माजी, आप ठीक हो? रमेश कैसा है?" कमल ने कहा और रमेश के कमरे में पहुँच गया। कमल की आवाज़ सुनकर वह उठ बैठा। उसका चेहरा कुछ ढीला था। कमल ने जिज्ञासा जताते हुए कहा -"क्या बात है रमेश? ऑफिस नहीं जाना है? चलो उठो, जल्दी तैयार हो जाओ। आज दोनों ही साथ निकलेंगे।" कमल ने अपनी असल बात कही ही नहीं, क्योंकि रमेश की माँ वहीं खड़ी थी। वह कहने लगी -"कमल, आज रमेश कुछ ठीक नहीं है। वह ऑफिस भी नहीं जाएगा।"

"क्या बात है रमेश?" कमल ने पूछा।

"कुछ नहीं यार, कल रात से थोड़ा बुखार लग रहा था।" तब तक माँ चाय-नाश्ता लाने चली गई। कमल इसी ताक में था। उसने कहा -"क्या संध्या के साथ मेरी बात पक्की हो गई?"

रमेश ने कहा -"अरे मैं तो यह बात भूल ही गया। मुझे यह बात करने का वहाँ अवसर ही नहीं मिला क्योंकि ऐसी बात करने के लिए राम-बाबू का मूड भी होना चाहिए था। मुझे तो लगा कि वह कुछ ठीक मूड में नहीं थे इसलिए मैंने यही ठीक समझा कि आज चुप ही रहना चाहिए।" कमल उदास हो गया पर मन ही मन सोचने लगा जहाँ इतनी देर इंतज़ार किया वहाँ और थोड़े दिन।

उस दिन से रमेश बहुत परेशान था। वह यही सोच रहा था कि कमल को किस प्रकार संध्या के बारे में कहूँ। एक दिन वह दोनों कहीं जा रहे थे। रास्ते में कई जोड़े जा रहे थे। कमल को लग रहा था कि वह भी संध्या के साथ ही चल रहा है और उसके साथ कितनी मीठी-मीठी बातें कर रहा है। रमेश ने उसकी चुप्पी तोड़ दी और कहा -"अरे कहाँ खो गए हो कमल। क्या बात है, आज-कल तुम खोए-खोए से रहते हो। मुझे लगता है संध्या के बारे में ही सोचते रहते हो। अभी से उसे अपना मत

समझना। क्या पता उसका भाई शादी के लिए रज़ामंद ना हो क्योंकि मुझे लगता है वह सीधी तरह से मानने वाला नहीं है और हमें भी उसके पीछे क्यों इतना पड़ना है। आखिर हमारी भी कोई इज़्ज़त है। यदि उसने इन्कार किया तो भी बेइज़्ज़ती बर्दाश्त नहीं होगी।" रमेश ने बातों-बातों में कमल का थोड़ा धीरज बँधाया पर कमल सब सुनने के बाद चुप नहीं रहा और कहा -"चाहे कुछ भी हो, ज़मीन-आसमान एक हो, मुझे संध्या से ही शादी करनी है।"

रमेश ने कहा -"कमल मैंने सुना है कि वह खास पढ़ी-लिखी नहीं हैं।"

"क्या कह रहे हो रमेश! ऐसे थोड़ी हो सकता है। एक बेटी पढ़ रही हो और दूसरी को क्या घर में बिठाएगें! ऐसा कभी नहीं हो सकता।"

रमेश ने कहा -"यदि ऐसा हुआ तो क्या तुम फिर भी उसके साथ शादी करोगे?"

कमल ने एक आह भरी और कहा -"यार क्यों मेरे प्यार की परीक्षा ले रहे हो। अब जितनी जल्दी हो सके संध्या से मेरी शादी पक्की करा ले।" रमेश मौन रहा और उसने बात टालने का प्रयत्न किया।

कमल का इंतज़ार दिन-ब-दिन बढ़ता ही गया। उसने यही सोचा कि रमेश मेरे काम में कोई दिलचस्पी नहीं ले रहा है। वह तो अपने काम में व्यस्त है। अब तो मुझे स्वयं ही राम-बाबू के पास जाकर अपनी शादी के बारे में बात कर लेनी चाहिए। अगले रविवार कमल राम-बाबू के घर चला गया। उसने कॉल बैल बजायी तो सामने संध्या खड़ी थी। कमल ने मानो भगवान को सामने पाया और झट से संध्या का हाथ थाम लिया। उससे रहा नहीं गया। उसने यह भी नहीं सोचा कि आगे क्या प्रतिक्रिया होगी। वह कहता ही गया –"संध्या, मैं तुमसे बहुत प्यार करता हूँ। मैं तुम्हारे बिना जी नहीं सकता।" संध्या की आँखों से केवल आँसू बह रहे थे। वह कुछ कह नहीं सकती थी। उसने अपना हाथ छुड़ाया और अंदर चली गई। कमल भी उसके पीछे अंदर आया। आरती सोफे पर बैठी कोई पुस्तक पढ़ रही थी। इतने में राम की पत्नी कमल के पास आई और उसे बिठाकर हाल-चाल पूछा। कमल ने कहा -"भाई साहब यहाँ नहीं हैं क्या?"

"जी वह कुछ दिनों के लिए दिल्ली चले गए हैं।" राम की पत्नी ने कहा।

"कब तक आएंगे?" कमल ने कहा।

"अभी कुछ पता नहीं है। कहकर तो नहीं गए हैं। यही सात-आठ दिन लग ही जाएंगे।" राम की पत्नी ने कहा। उसने चाय पीने के लिए आग्रह किया परन्तु जो बात कमल करने आया था वह तो रह गई। फिर भी वह थोड़ी देर वहाँ बैठना चाहता था क्योंकि संध्या भी वहीं थी। कमल ने चाय पीने से इंकार नहीं किया। आरती ने देखा भाभी चाय बनाने जा रही है तो उसने मना कर दिया और कहा कि आप कमल

के पास बैठ जाओ, मैं चाय बना के लाती हूँ। थोड़ी देर में आरती ने संध्या को बुलाया -"दीदी, ज़रा आप चाय लेकर जाना।" संध्या किचन में चाय लेने चली गई और वहाँ से चाय की ट्रे लेकर आई। कमल का जी चाहा कि वह भी उसके साथ बैठकर चाय पी ले। ज्योंहि संध्या चाय रख के जाने लगी तो भाभी ने कहा बैठ जाओ संध्या और आरती को भी आवाज़ लगाई -"आओ तुम भी यहाँ चाय पी लो।" संध्या ने चाय की प्याली उठाई और कमल को पकड़ाने लगी। उसके हाथ काँपने लगे। कमल को बात करने का अवसर मिल गया -"क्या बात है संध्या, तुम इतनी काँप क्यों रही हो!"

भाभी ने जल्दी ही जवाब दिया -"कमल बाबू, यह बहुत शर्मीली है।" संध्या की आँखें केवल कमल को हिरणी की तरह निहार रही थी। उसके हाथों का स्पर्श कमल के दिल को चुभ सा रहा था पर संध्या काँप रही थी यही सोचकर कि यदि कमल को उसके मूक होने की खबर पता चलेगी तो क्या प्रतिक्रिया होगी?

कमल ने कहा -"मैं वैसे कहना नहीं चाहता परन्तु एक बात अवश्य कहूँगा, संध्या बोलती बहुत कम है। मैंने आजतक इसे कभी बात करते नहीं देखा।" इतना कहते ही संध्या की अश्रुधारा बहने लगी और वह दौड़ती हुई दूसरे कमरे में चली गई। कमल को उसका वहाँ से जाने का बड़ा दुःख हुआ। वह सोचने लगा मैंने ऐसा क्या कहा! भाभी ने बात टालते हुए कहा -"आरती जाओ यह कप वगैरह अंदर ले जाओ।" भाभी ने कभी किसी को संध्या के बारे में नहीं कहा था। पड़ोसियों को भी संध्या के बारे में कुछ मालूम नहीं था। कमल ने इजाज़त मांगी और घर चला गया।

रमेश कई दिनों से नज़र नहीं आ रहा था। वह आरती के प्यार में मस्त था। वह उसके साथ इतना हिल-मिल गया था मानो वह कई जन्मों से एक-दूसरे को जानते हो। एक दिन रमेश ने आरती से अपनी शादी की बात छेड़ दी। पर उसने एक गहरी सांस लेकर कहा रमेश –"तुम्हें शादी के लिए अभी बहुत इंतज़ार करना पड़ेगा।"

रमेश ने कहा -"क्यों, ऐसी भी क्या मजबूरी है? क्या रामबाबू के पास शादी के लिए रुपया नहीं है! वह तो इतने बड़े सेठ हैं, फिर कौन सी बात है?"

"नहीं रमेश, ऐसी बात नहीं है।" आरती ने कहा।

"तो फिर क्या बात है। क्या मैं तुम्हारे काबिल नहीं हूँ? बताओ आरती।" रमेश ने कहा।

आरती ने कहा -"देखो मेरी एक बड़ी बहन संध्या भी है। पहले उसकी कहीं बात पक्की हो जाए, तो फिर मेरा दूसरा नं० होगा। तुम तो जानते हो कि बह बोल नहीं सकती। इसलिए जब तक कोई उसके साथ शादी करने के लिए राज़ी होगा तभी तो मेरी शादी होगी।" रमेश ने एक गहरी साँस ली और सोचा कि कह दूँ कमल

शादी करने के लिए तैयार है, पर ज़ुबान रोक ली। हो सकता है जब वह यह जान जाएगा कि संध्या बोल नहीं सकती, वह शादी करने से इंकार कर दे।

आज कई दिनों के बाद रमेश कमल के घर गया। वह घर पर ही था और रमेश के बारे में ही सोच रहा था। उसके दिल में रमेश के प्रति बुरे विचार उठ रहे थे कि वह दगाबाज़ है। उसने मेरे लिए कुछ नहीं किया। एक काम सौंपा था वह भी कर नहीं पाया। आखिर अपना, अपना ही होता है। यदि मेरा अपना भाई होता तो कब की मेरी बात पक्की की होती। भगवान भी क्या है, उसने मुझे अकेला रखा है। उसकी विचार-धारा टूट गई। जब रमेश ने कहा -"क्या हाल है यार! बड़े मस्त खोए हुए हो!"

कमल ने थोड़ा रुष्ट होकर कहा -"नहीं यार कोइ बात नहीं है। मैं तो यही सोच रहा था कि तुम कितने दगाबाज़ हो। मैंने एक काम सौंपा था, वह भी नहीं किया।" रमेश को इस बात का बहुत दुःख हुआ कि कमल उस पर यूँ ही नाराज़ है। आखिर वजह क्या है जो वह बताने से कतरा रहा है। उसके दिल को ठेस लगी पर कुछ कह नहीं सका क्योंकि कमल इस बात से अनजान था।

रमेश ने कहा -"मैं संध्या के घर से ही आ रहा हूँ। मुझे आरती से पता चला कि रामबाबू कुछ दिनों के लिए बाहर गए हुए हैं। मैं किसके साथ तेरी बात छेड़ता।" कमल को थोड़ा यकीन हो गया कि रमेश सच बोल रहा है क्योंकि उसको भी मालूम था कि रामबाबू घर पर नहीं हैं।

रमेश ने कहा -"कमल, क्या तुम रामबाबू का ही इंतज़ार करोगे। संध्या के सिवाय और भी कई सुन्दर लड़कियाँ हैं। हो सकता है रामबाबू शादी से इंकार कर दे तो? क्या तुम उम्र भर कुँवारे रहोगे..... शादी नहीं करोगे?"

"हाँ – मैंने ठान लिया है यदि संध्या से मेरी शादी नहीं हुई तो मैं कुँवारा ही रहूँगा।" रमेश कमल की ज़िद पर उदास हुआ और घर चला गया। जाते-जाते कमल ने रमेश से फिर रामबाबू के घर जाने के लिए कहा। रमेश को आरती से पता चला कि राम घर वापस आ गए हैं। उसने आरती से कह दिया कि वह शाम को राम बाबू से मिलने आ रहा है।

उस दिन से संध्या की आंखों से नींद रूठ गई थी जिस दिन कमल ने उसपर अपना प्यार जताया था। उसकी आँखें रात भर भींगती रहती थी। उसका दिल धड़कता था यही सोचकर कि क्या उसे भी कमल से प्यार हुआ है पर वह बोल नहीं सकती थी। अपने प्यार का इज़हार कर नहीं सकती थी। उसका जीवन आँसुओं का समुद्र बन चुका था और उसी सागर में वह डूब चुकी थी। कोई उसे निकालने वाला नहीं था और उसे बचाने वाल कोई नहीं था। वह चाहती थी कि वह भी इस गम रुपी सागर से निकल जाए, पर सहारा कोई नहीं था जो उसको निकाल लेता।

शाम होते ही रमेश आरती के घर चला गया। सभी लोग घर पर ही थे। बातों-बातों में उसने कहा -"क्या राम बाबू, आप ने संध्या दीदी की शादी नहीं करनी

है ?" राम तो हमेशा इस बात को टाल देते थे। वह यही समझते थे कि वह जन्म भर कुँवारी ही रहेगी। इसलिए राम ने संध्या की शादी की बात ही छोड़ दी थी। -"आप जवाब क्यों नहीं देते ?" रमेश ने कहा।

इस पर राम ने कहा -"करना तो चाहता हूँ पर कोई लड़का इसे पसंद करना चाहिए। यही मेरी सबसे बड़ी चिंता है। जब तक इस के लिए कोई वर नहीं मिलेगा, तब तक मैं आरती की भी शादी नहीं कर सकता क्योंकि आरती से बड़ी संध्या है।"

"यदि मैं संध्या दीदी के लिए कोई वर ढूँढ़ के दूँ तो क्या आप स्वीकार करेंगे ?"

"क्यों नहीं।" राम ने कहा। "वह तो मेरी खुशकिस्मती होगी जब संध्या इस घर से विदा होगी।"

"राम बाबू, आप मुझ पर छोड़िए। मैं कहीं दीदी की शादी पक्की कराऊँगा और मेरी एक और बात सुन लो, मैंने आरती के लिए भी एक लड़का ढूँढ लिया है। वह बिल्कुल आपकी बहन के लिए अच्छा है। उसकी माँ स्वयं आप लोगों से बात करने आएंगी।"

राम हैरान हुआ। उसे कुछ पता नहीं चला कि रमेश किस लड़के के बारे में बात कर रहा है। "यदि लड़का अच्छा है, जहाँ मेरी बहन खुश रहेगी यकीनन वह लड़का मुझे भी पसंद होगा परन्तु चिंता तो मुझे संध्या की है।"

"इस बात की आप चिंता छोड़ दें। यह काम मुझे सौंप दीजिए। मैं कर लूँगा।" रमेश ने भरोसे से कहा।

आरती से मिलने के बाद उसने राम बाबू की सभी बातें उसे बताई। आरती ने कहा -"क्या कमल जी मान जाएंगे जब उन्हें संध्या दीदी के बारे में पता चलेगा कि वह बोल नहीं सकती ?"

"आरती, यही बात तो मेरे दिल में भी है पर कमल तो अपनी ज़िद पर अड़ा है। खैर देखें, आगे क्या होता है।" आरती जब घर आई तो अपनी भाभी से सभी बातें कहीं जो रमेश के साथ हुई थीं। उसी समय राम बाबू भी आ गए और कहा -"आरती, - रमेश ने कहा कि मैं संध्या के लिए एक लड़का दूँगा, न जाने वह कौन है क्या करता है ? कुछ समझ में नहीं आ रहा है। क्या वह संध्या को पसंद करेगा ? मेरे मन में कल से न जाने कैसे विचार उत्पन्न हो रहे हैं !"

आरती को बात करने का मौका मिल गया। उसने कहा -"भैय्या, अगर मैं बता दूँ वह लड़का कौन है तो क्या आप सहमत हो जाओगे ? वह लड़का कमल है।"

"अच्छा!" राम ने कहा। "क्या वह मेरी बहन से शादी करेगा जब वह सुनेगा कि वह बोल नहीं सकती! मुझे तो शक है।"

"भैय्या, अभी तक तो कमल को इस बात की ख़बर नहीं है। क्या मालूम पता लगने पर क्या कहेगा!"

"आरती, मैं बहुत चिंतित हूँ। रात-दिन इसी चिंता में लगा रहता हूँ। कब यह चिंता दूर होगी। शायद यह मेरे पिछले जन्मों का फल है जो इस जन्म में भुगत रहा हूँ।" यह सब बातें संध्या बहुत देर से सुन रही थी। वह रोती हुई दूसरे कमरे में चली गई।

संध्या के दिमाग में यह बात चली गई कि कमल उसके साथ शादी करना चाहता है पर उसे भी अपने भाई की तरह यही गम था कि जब उसे मेरे बारे में पता चलेगा कि मैं बोल नहीं सकती तो क्या होगा? इन्हीं विचारों में उसे कभी आशा की किरण नज़र आती थी तो कभी निराशा की। यदि कमल मेरे साथ शादी करेगा तो क्या मैं उसके लिए बोझ नहीं बन जाऊँगी? इसी चिंता की आग में वह जली जा रही थी। अब वह यही चाहती थी कि कब कमल के सामने मेरी शादी का प्रस्ताव रखा जाएगा। उसी दिन 'हाँ' या 'ना' का फैसला होगा। मेरे भाई की भी चिंता दूर होगी, पर यदि कमल ने शादी से इन्कार किया तो क्या होगा! उसने मन में यह ठान लिया कि यदि ऐसा हुआ तो मैं कुछ न कुछ फैसला खुद ही ले लूँगी।

एक दिन रमेश ने कमल को संध्या के बारे में बता दिया कि वह बोल नहीं सकती। यह सुनते ही उसका दिल बैठ गया। आशाओं पर पानी फिर गया। उसने क्या सोचा था और क्या हो गया। उसको धरती घूमती हुई नज़र आने लगी। अब वह फैसला ले तो क्या ले, कुछ समझ नें नहीं आ रहा था। थोड़ी देर दोनों मौन रहें। आख़िर रमेश ने मौन तोड़ दिया –"अच्छा कमल, मैं चलता हूँ। तुम अच्छी तरह से सोच-समझ कर कदम उठाना और अपना आख़िरी फैसला सुनाना।" रमेश चला गया परन्तु कमल पर एक पहाड़-सा टूट पड़ा। परेशानी में वह कुछ खाए-पिए बिना ही लेट गया। सारी रात उसे नींद नहीं आई। उस के मन में यही उतार-चढ़ाव हो रहे थे कि अब वह क्या फैसला लेगा। उसके दिल में संध्या के लिए कितना प्यार था यह वही जानता था। वह उसे कभी छोड़ नहीं सकता था। आखिर उसने यही फैसला लिया कि वह संध्या से ही शादी करेगा। उसने निश्चय किया कि वह रमेश से भी परामर्श लेगा और संध्या से ही शादी करेगा।

सुबह कमल की आँख देर से खुली। वह जल्दी से उठा और एक कप चाय बनाकर पीने लगा कि पोस्टमैन एक पत्र लेकर आया। पत्र पढ़कर पता चला कि बैंगलोर के मामा के बेटे की शादी है। शादी की तारीख पढ़ते पता चला कि शादी दूसरे दिन ही है। पत्र बहुत देर से पहुँचा था। उसने यही सोचा कि मैं बैंगलोर के लिए अभी चलता हूँ ताकि मेरा दिल भी वहाँ दो-चार दिन रहकर बहल जाएगा क्योंकि वह बहुत

उदास और परेशान था। उसने यही ठीक समझा। वहाँ से आते ही मैं रमेश को अपना फैसला सुनाऊँगा। उसने जल्दी से कपड़े वगैरह समेट लिए और सुबह की बस से बैंगलोर रवाना हुआ। रास्ते में कमल केवल संध्या के बारे में सोच रहा था जैसे वह कह रही हो "कमल – क्या तुम मुझे मँझधार में छोड़ दोगे? फिर मेरा कौन सहारा होगा? न जाने मेरी किस्मत की डोर किसके हाथ में होगी? मेरे साथ कैसा व्यवहार होगा, मेरे जीवन का कैसा अंत होगा? मुझे नहीं छोड़ना कमल। मैं तुम्हारे बिना ज़िन्दा नहीं रह सकती।" कमल को जैसे किसी ने पुकारा "तुम मेरा साथ नहीं छोड़ना।" वह खुद ही बोलता गया "नहीं, मैं तुम्हें नहीं छोडूँगा - मैं तुम्हारा साथ दूँगा चाहे दुनिया कुछ भी कहे।" बस में बैठे लोग उसकी ओर देख रहे थे। उसको स्वयं ही शर्म आई और चुप हुआ।

रमेश ने दो दिन इन्तज़ार किया परन्तु कमल का कोई फैसला सुनने को नहीं मिला। उसने कमल के घर जाने का निश्चय किया। वहाँ पहुँचते ही पता चला कि वह दो दिनों से कहीं बाहर चला गया है। वहाँ ताला लगा हुआ था। रमेश समझ गया कि कमल शादी के लिए राज़ी नहीं है। वह परेशान हुआ और किसी भी तरह राम को यह संदेश दिया। राम का दिल बैठ गया। उसने अपनी पत्नी से यही कहा कि अब क्या होगा, चलो और कोई लड़का देख लेते हैं। शायद कहीं इसका भाग्य खुल जाए परन्तु उसका भाग्य उसका साथ नहीं दे रहा था। हर जगह यही उत्तर आता कौन इस गूंगी लड़की से शादी करके अपनी जवानी बर्बाद करेगा। राम अब थक चुका था। उसकी समझ में कुछ नहीं आ रहा था कि अब वह क्या करे। संध्या अपने भाई का दुःख समझती थी। उसने कमल पर आशा रखी थी, वह भी टूट चुकी थी। उसने यही कहा कि वह कुँवारी ही रहेगी क्योंकि वह समझने लगी मेरे कारण सारा परिवार दुखी है। कभी-कभी उसके मन में आता कि वह अपने आपको खत्म कर दे, परन्तु उसे अपने भाई की इज़्ज़त का ख्याल आता था।

रमेश ने कमल का फैसला जान लिया। उसे अब अपनी शादी की चिंता थी। उसने संध्या के लिए एक लड़का ढूँढ़ा जो अपाहिज था। उसकी एक टाँग भी नहीं थी। राम ने जब यह सुना तो उसने रमेश से कहा -"हमें संध्या से भी परामर्श लेना चाहिए।" एक दिन सभी खाना खाने बैठे थे कि राम ने उस लड़के के बारे में बात छेड़ दी। संध्या ने अभी एक निवाला ही उठाया था यह सुनकर वह उठी और अपने कमरे में चली गई। वहाँ फूट-फूट कर रोने लगी। आरती भी उसके पीछे चली गई। उसे बहुत समझाया "हमारा भाई हमारी शादी के लिए कितना परेशान है। दीदी – तुम भी 'हाँ' कर दो। तुम्हारे ही कारण सभी घर वाले परेशान हैं।"

संध्या ने सिर हिला दिया। यही लगा कि वह मजबूर होकर शादी के लिए 'हाँ' कर रही है। आरती को खुशी हुई और भैया-भाभी को यह सूचना सुना दी कि दीदी ने शादी के लिए हाँ कर दी। सभी के चेहरे पर खुशी की लहर दौड़ आई पर

इधर संध्या मन-ही-मन सुलग रही थी। यही सोच रही थी कि कमल ने कोई उत्तर नहीं दिया। न जाने उसके मन में क्या है, न जाने वह कहाँ चला गया! कभी-कभी उसका मन गवाही देता कि वह धोखा नहीं देगा क्योंकि दिल से दिल की राह होती है। जितना प्यार मैं कमल से करती हूँ वह भी मुझसे उतना ही प्यार करता होगा। वह मुझे छोड़ नहीं सकता। यही सवाल उसे खाए जा रहे थे। शादी की तैयारियाँ हो रही थी पर संध्या का दिल कहीं और था। उसके दिल में कई विचार उठ रहे थे। उसने फैसला किया कि वह कमल के सिवाय किसी की भी नहीं हो सकती। अब तो यही अच्छा रहेगा कि मैं घर छोड़कर चली जाऊँ।

आज शाम को संध्या ने कुछ नहीं खाया। सभी समझें कि उसे भूख नहीं होगी और अपने कमरे से बाहर नहीं आई। किसी को मालूम नहीं था कि उसके दिल में क्या है। रात काफी बीत चुकी थी। उसने कुछ रुपए उठाए और चुपके से घर से निकल पड़ी। वह सीधे रेलवे स्टेशन पर पहुँच गई। वह तो आत्महत्या करना चाहती थी, पर उसे कोई मौका नहीं मिला। अब उसने यही रास्ता ढूँढ़ा कि रेलगाड़ी में बैठकर रास्ते में कहीं कूदकर अपनी जान दे दूँगी। किसी को ख़बर नहीं होगी। परिवार वालों का भी मुझसे पीछा छूट जाएगा। ट्रेन का इन्तज़ार करना पड़ा। ट्रेन सुबह के पांच बजे की थी। वह अपना मुँह छुपाकर डिब्बे में बैठ गई। आखिर गाड़ी के जाने का समय आ ही गया और वह चल पड़ी। संध्या ने राहत की साँस ली। चलो, अपने शहर से तो दूर हो गई। अपने घर वालों से दूर। उसकी आँखों में बचपन से लेकर आजतक जो जीवन बीता था, सामने आ गया। कितने उतार-चढ़ाव आए, उसकी ज़िंदगी में। इतने में टी०टी० आ गया। उसने संध्या से टिकट माँगा पर वह क्या बोलती। भगवान ने तो उसकी बोलती ही बंद की थी। टी०टी० के दो-चार बार बोलने पर संध्या ने अपने बैग से कुछ रुपए निकाले। यह देखते ही टी०टी० चिल्लाया "टिकट दिखाओ।" पर वह क्या दिखाती! केवल बड़ी-बड़ी आँखों से उसको देखती रही। इतने में ही ट्रेन का संतुलन बिगड़ गया। सभी यात्री चिल्लाने लगे "बचाओ-बचाओ।" ट्रेन अपनी पटरी से नीचे लुड़क गई। एक बड़ा सा धमाका हुआ। रेल दुर्घटना होते ही चारों ओर खबर फैल गई। कई लौग मौत के घाट उतर गए। संध्या का कहीं कुछ पता न चला।

इधर जब कमल घर आया तो उसने सोचा कि मैं पहले राम-बाबू के घर ही चला जाऊँ। उसने घर में बैग वगैरह रख दिया और नहा-धोकर राम के घर चल लिया। वहाँ इसने मातम छाया हुआ देखा। सभी चुप थे। उसने राम-बाबू से कहा - "क्या बात है, आप सब ऐसे क्यों हैं? सब ठीक तो है?" राम ने सारा हाल सुना दिया। कमल के तो होश ही उड़ गये। उसने सारा दोष अपने पर ही लगाया। यदि मैं शादी पर न चला जाता तो ऐसा कभी भी न होता। मैंने वापस आने में बहुत देर कर दी। मुझे पहले ही आना चाहिए था और मैंने क्यों नहीं पहले ही इनको शादी के बारे में

बताया। कसूरवार मैं ही हूँ। उसे पूरा यकीन हुआ कि संध्या ने मेरी वजह से यह सब किया। "पर वह गई कहाँ?" कमल ने राम से कहा। "क्या आप ने पुलिस में रिर्पोट दर्ज कराई?"

"जी हाँ।" राम ने कहा। कमल, मैंने हर जगह ढूँढ़ा, पर कहीं कुछ पता नहीं चला। वह बहुत दुखी हुआ और अपने आप को बार-बार कोसता रहा। यह तूने क्या किया। एक देवी को तूने खो दिया। उसकी आँखें संध्या को देखने के लिए तरस गई थी, पर वह चली गई थी। दुःखी मन से वह राम के घर से चला गया। उसने मन में ठान लिया कि वह उम्र भर कुँवारा रहेगा, शादी नहीं करेगा। यदि इस जन्म में संध्या नहीं मिली तो अगले जन्म में भगवान से उसी को माँग लूँगा।

रेल दुर्घटना में ज़ख्मी लोगों से पूरा अस्पताल भरा था। कईयों की तो वहाँ पहुँचते-पहुँचते मौत हो गई और कई लोग गम्भीर रूप से घायल थे। सारा अस्पताल कराहों से भर गया था। इसी अस्पताल में संध्या भी ज़ख्मी होकर एक कोने में पड़ी थी। सभी आए हुए लोग अपनों की शिनाख्त कर रहे थे पर संध्या का वहाँ कोई अपना नहीं था। शहर में जितने भी डॉक्टर थे उन्हें वहाँ बुलाया गया था। एक डॉक्टर ने जब संध्या को देखा तो उसने कहा -"अरे यह तो हिल रही है। इसका मतलब यह ज़िन्दा है।" उसने संध्या की नब्ज़ देखी तो थोड़ी आशा की किरण नज़र आई। डॉक्टर ने कहा -"इसे जल्दी ऑपरेशन थियेटर में ले चलिए।" संध्या को उसी समय ऑपरेशन थियेटर में शिफ्ट किया गया। उसकी पूरी तरह जांच पड़ताल की गई और ऑक्सीजन लगाया गया। वह धीरे-धीरे होश में आने लगी। होश आते ही वह कहने लगी -"मैं कहा हूँ और मुझे यहाँ कौन लाया?" डॉक्टर ने कहा –"बेटी आप अस्पताल में हो।"

संध्या –"मुझे यहाँ क्यों लाया गया।"

डॉक्टर ने कहा -"अरे आपको नहीं मालूम, आपको एक रेल दुर्घटना में ज़ख्मी और बेहोश देखकर यहाँ लाया गया। आपका क्या नाम है, कहाँ रहती हो?" पर संध्या ने कोई उत्तर नहीं दिया। उसे कुछ याद नहीं था। वह पिछला सब भूल चुकी थी। डॉक्टर ने बहुत कोशिश की कि वह अपना नाम और पता बता सके ताकि घर वालों को संदेश भेजा जा सके पर संध्या को कुछ याद नहीं था। खैर–डॉक्टर ने कहा -"अभी इसको इसी अस्पताल में रहने दो, शायद कुछ दिनों के बाद याद्दाश्त वापस आ जाए।"

अब संध्या बिल्कुल ठीक हो चुकी थी पर उसका कोई ठिकाना नहीं था। डॉक्टर गुप्ता उसका इलाज कर रहे थे, उन्होंने संध्या से कहा -"बेटी, जब तक तुम्हारी याद्दाश्त वापस नहीं लौटेगी, तब तक तुम इसी अस्पताल में नर्सिंग का काम करना और यहाँ के ही होस्टल में रहना।" संध्या ने भी यही ठीक समझा क्योंकि

इतनी बड़ी दुनिया में वह अकेली कहाँ जाती। उसने यही ठीक समझा। उसको होस्टल में एक कमरा दिया गया। दूसरे प्रांतों की कुछ लड़कियाँ वहाँ रहती थीं, जो नर्सिंग में थी। उन्होंने संध्या को थोड़ा बहुत काम सिखा दिया। कुछ ही दिनों में संध्या ने सब कुछ सीख लिया। अब तो अस्पताल में उसे सिस्टर कहकर पुकारते थे। नाम तो उसका किसी को मालूम नहीं था। वह बीमारों की सेवा में लगी रही। कुछ ही दिनों में वह वहाँ की लड़कियों से घुल-मिल गई। कुछ तो उसकी गहरी मित्र भी बन गईं।

कमल का कहीं दिल नहीं लगता था। उसने न जाने संध्या को कहाँ-कहाँ ढूँढ़ा, पर हर बार निराश ही हुआ। वह यही सोचता कि यदि उसका एक्सीडेंट हुआ होता या नदी में गिर गई होती तो कम से कम उसकी लाश तो मिल जाती। पुलिस भी ढूँढ़ कर थक चुकी थी। राम भी अपनी बहन का पता करने के लिए हर दिन पुलिस चौकी जाता था, पर हर बार निराशा ही हाथ आती थी। रमेश के घर वालों ने राम से शादी के लिए आग्रह किया, पर हर बार वह थोड़ा इंतज़ार करने को कहता। अब तो उन्होंने कहा कि यदि संध्या नहीं मिली तो क्या आप आरती की शादी नहीं करोगे? अब तो कोई चारा नहीं था। मजबूर होकर राम ने शादी का दिन पक्का किया। सब को न्योता दिया गया। कमल के घर भी कार्ड भेजा गया। कार्ड देखते ही संध्या की याद ताज़ा हो गई। विवश होकर शादी में जाना पड़ा। शादी में उसका दिल कहीं और था, उसे वहाँ अपना अतीत नज़र आया, जब वह पहली बार इस घर में आया था। शादी में जश्न हो रहा था पर संध्या के भाभी-भैया और कमल की हँसी जैसे छीन ली गई थी। सारी रस्में पूरी हुई। दुल्हन चली गई। घर सूना-सूना हो गया। संध्या के जाने के बाद इस घर से आरती भी चली गई।

राम का दिल अब घर में नहीं लगता था। कमल का भी इस शहर में रहना मुश्किल हो गया। उसे पल-पल संध्या की याद सताती थी। संध्या की याद भुलाने के लिए वह दूसरे शहर में चला गया। अपना कारोबार भी वहीं खोला। वहाँ किराए का मकान लिया और संध्या की याद को भुलाने की कोशिश करने लगा। ऑफिस में बेला नाम की लड़की काम करती थी। वह कमल को अकेला देखकर उस पर प्यार जताने लगी। कमल को इस बात की खबर तक नहीं थी। एक दिन लंच के समय सभी मिल कर खाना खा रहे थे और एक-दूसरे से जान-पहचान कर रहे थे। बेला भी वहीं थी। उसको मालूम हुआ कि कमल अभी कुंवारा ही है। उसकी खुशी की कोई सीमा नहीं रही। उसने घर जाकर अपनी माँ से कहा -"माँ, मैंने अपने ऑफिस में एक लड़का शादी के लिए देख लिया।" माँ बहुत खुश हुई। इस दुनिया में बेला ही एक मात्र सहारा थी। उसके पति का देहांत कुछ वर्षों पहले हुआ था। अब अपनी बेटी के सहारे ही चलती थी। माँ को अपनी बेटी की चिंता थी कि बेटी जवान हो गई है। अब उसे शादी कर लेनी चाहिए पर बेटी अभी मना करती क्योंकि उसे कोई मनपसंद लड़का नहीं मिल रहा था। पर जबसे उसने कमल को देखा, तो वह उसे पसंद आ गया क्योंकि वह पैसे वाला होकर भी एक साधारण-सा जीवन व्यतीत करता था। वह इस बात के लिए

परेशान रहती थी कि जब उसकी शादी होगी तो माँ के पास कौन रहेगा? उसने कमल के बारे में पता किया जो अकेला था, तो बेला ने सोचा कि वह मेरी माँ को भी अपने साथ रख लेगा पर अभी तक तो उसे यह डर था क्या वह मुझे पसंद करेगा? मैं कैसी हूँ? मेरे घर में कौन हैं? बेला ने माँ से यह सब कहा। माँ ने कहा -"जब तू शादी का प्रस्ताव उसके सामने रखेगी, क्या पता वह शादी से इंकार कर दे।"

"नहीं माँ।" बेला ने कहा -"वह शक्ल से बहुत शरीफ लगता है। मैंने आजतक कई लड़के को ठुकराया, पर यह लड़का मुझे पसंद आया। मुझे नहीं लगता है कि वह मेरी शादी का प्रस्ताव ठुकराएगा।" माँ ने यूँ ही सिर हिला दिया, उसे यक़ीन नहीं आ रहा था कि यह मान जाएगा।

आजकल बेला बन-संवर कर ऑफिस जाती थी, पर कमल उसकी ओर एक बार भी नज़र उठाकर नहीं देखता था। एक दिन उसने ठान लिया कि वह उससे बात करके ही रहेगी पर जब वह ऑफिस पहुँची तो उस दिन कमल छुट्टी पर था। उसके दिल को धक्का लगा। सारा दिन उदास रही। घर आकर माँ को सुनाया - "कमल आज नहीं आया था।" तो वह भी परेशान हो गई। दो-तीन दिन कमल ऑफिस आया ही नहीं। पता चला कि कई दिनों से बुखार से पीड़ित है। बेला ने उसके घर जाने का मौका ढूँढ़ा। उसने ऑफिस के कुछ कर्मचारियों से कहा -"चलो, सर की खबर लेने चलें।" ऑफिस बंद होने के बाद सभी पता पूछकर कमल के घर चले गए। कमल बेड पर बेसुध पड़ा था। वह हैरान हुआ जब उसने ऑफिस के कई लोगों को ख़बर लेने के लिए आये हुए देखा। वह सोचने लगा कि इनको मुझ से कितना प्रेम है, पर वह जानता था कि इन सबको लाने वाली बेला ही है। सबने उसकी तबीयत पूछी। बेला एकटक कमल को देखे जा रही थी, पर उसको इस बात की कोई सुध नहीं थी। सभी चले गए। अगले दिन बेला कमल को देखने अकेली चली आई। कमल उसे अकेला देखकर हैरान हुआ। बेला ने कहा –"आप कैसे हैं सर?"

कमल वैसे ही नींद से जागा था। उसने कहा -"मैं ठीक हूँ। मैंने सोचा आज भी थोड़ा आराम कर लूँ, कल ज़रूर ऑफिस आऊँगा।"

बेला उसके बिस्तर के पास ही बैठ गई -"ज़रा हाथ दिखाना, कहीं बुखार तो नहीं है।" कमल की धड़कन तेज़ हो गई। वह सोचने लगा कहीं कोई आ गया तो वह सोचेगा एक पराई लड़की उसके कमरे में! उसने जल्दी से अपने हाथ छुड़ा लिया और कहा -"अब मैं बिल्कुल ठीक हूँ।" बेला थोड़ा और करीब आई और कहा - "कमल, तुम कितने सीधे हो। तुम नहीं जानते हो कि मैं तुमसे कितना प्यार करती हूँ। तुम्हें कुछ महसूस नहीं हो रहा है! क्या आजतक तुमने किसी से प्यार नहीं किया? किया होता तो जान लेते कि प्यार क्या चीज़ होती है!"

कमल ने थोड़ा पीछे हटकर कहा –"मुझे इस शब्द से नफ़रत हो गई है। मैंने भी प्यार किया पर – वह प्यार, प्यार नहीं था एक सपना था, जो टूट गया और मेरी ज़िन्दगी अधूरी करके छोड़ गया।"

बेला घबरा गई। वह समझ गई कि इससे पहले इसके दिल में किसी और ने जगह बना ली है पर थोड़ा धीरज धरकर कहा -"कौन थी वह बेवफा, जो तुम जैसे सीधे-साधे बन्दे को छोड़ कर चली गई। पर अब मैं आ गई हूँ, मैं तुम्हें हमेशा प्यार करुँगी और खुश रखूँगी। भुला दो उस बेवफ़ा को। उसकी याद अपने दिल से निकाल दो।"

कमल और ज़्यादा सहन नहीं कर सका। उसने बेला को रोका -"ऐसा मत कहो। बेवफ़ा वह नहीं, मैं हूँ जो मैं सही समय पर उसे नहीं मिला। वह भी क्या करती – मज़बूर थी। नारी जो ठहरी। नारी चाहे कितनी भी शक्तिशाली क्यों न हो, पर यह ज़ालिम दुनिया उसे नीचा दिखाकर ही छोड़ती है। अब बोलने से क्या फायदा? वह तो इस दुनिया में है ही नहीं।"

बेला ने कहा -"कमल मैं तुम्हारा दुःख समझ गई, पर तुम यक़ीन रखो, मैं तुम्हारा साथ दूँगी, मरते दम तक। मेरा यह वचन स्वीकार करो।"

कमल –"नहीं, ऐसा मत कहना। मैंने कसम खा रखी है कि मैं शादी नहीं करूँगा।"

बेला ने कहा –"इस दुनिया में अकेले कब तक रहोगे? जीवन में तो कोई साथी होना चाहिए, जो सुख-दुख में साथ दे। सोच लो अभी आप बीमार पड़ गए, आपको देखने वाला कोई नहीं था। क्या सारी उम्र ऐसे ही रहोगे। यह तुम्हारा गलत विचार है। मैंने अपनी माँ से कह दिया है कि मैंने अपने लिए लड़का देख लिया है और वह तुम हो – सिर्फ तुम।" बेला से रहा नहीं गया। उसने सच्चाई बता दी क्योंकि वह कमल से बहुत प्यार करने लगी थी।

कमल विवश हो गया उसने कहा -"मुझे सोचने का मौका दे दो।"

बेला ने माँ को सारी बातें बताईं और उसे पूरा आश्वासन दिया कि वह कमल के साथ शादी करेगी। उसे विश्वास था कि कमल अब ना नहीं करेगा। उससे शादी अवश्य करेगा। कुछ दिनों तक कमल बेला से मिला ही नहीं। उसने मिलने की बहुत कोशिश की, पर हर बार कमल मिलने के लिए टाल देता। एक दिन बेला ने कहा –"कमल, माँ तुमसे मिलना चाहती है। मैं भी तुम्हारे साथ ही चलती हूँ।" कमल ने मजबूर होकर उसे अपनी गाड़ी में बिठाया और उसके घर चला गया। माँ ने जब कमल को देखा, तो वह बहुत खुश हुई। उसे अपनी बेटी पर गर्व होने लगा कि उसने कितना अच्छा लड़का ढूँढ़ा है। चाय-पानी के बाद कमल ने जाने की अनुमति ली। न चाहने पर भी माँ ने आशीर्वाद देकर जाने दिया। बेला खुश थी कि कमल उसकी माँ से

मिलने आ गया। अब तो उसको उस दिन का इन्तज़ार था जब वह शादी के लिए हाँ कर देगा।

रविवार का दिन था। कमल ने सोचा चलो थोड़ा बाहर घूम लेता हूँ। मौसम भी अच्छा था। रास्ते में उसे बेला का विचार आया, क्यों न उसी के घर चला जाँऊ और उसे भी साथ लेकर कहीं घूमने ले चलूँ। लगता था कमल पर बेला की बातों का असर होने लगा था और थोड़ा प्यार भी। वहाँ पहुँचते ही वह उदास हो गया क्योंकि घर में ताला लगा हुआ था। पता चला वह माँ-बेटी दोनों किसी रिश्तेदार के यहाँ चली गई हैं। वह वापस मुड़ा और धीरे-धीरे कदम बढ़ाता गया। सामने से कुछ लड़कियों की टोली आ रही थी। कमल को टक्कर लगने ही वाली थी कि लड़कियों ने ठहाका मार कर हँसना शुरु किया। वह बेसुध ख्यालों में चला जा रहा था। उसने एक लड़की को देखा तो उसके मुँह से निकल पड़ा -"अरे संध्या तुम! और उसकी ओर लपक पड़ा।"

संध्या तो अनजान सी थी। वह तो सीधे चलने लगी। लड़कियों ने कहा - "हमें तो यह कोई पागल हीरो लग रहा है।" सभी कमल पर हँसने लगीं। वह आवाक्-सा देखने लगा। उसे लगा मुझे धोखा हुआ है। शायद संध्या जैसी ही कोई लड़की थी। वही चाल, वही सब कुछ संध्या जैसा था पर वह मुझे पहचान नहीं पाई। एक बात ज़रूर थी जो संध्या से भिन्न थी। यह संध्या तो बोल सकती है पर उसकी संध्या बोल नहीं सकती थी। कमल असमंजस में पड़ गया। उसने लड़कियों का पीछा करना चाहा, पर वह बहुत दूर जा चुकी थीं, उसकी आँखों से ओझल। वह यही सोचता रहा, मैंने गलती की। मुझे उनका पीछा कर लेना चाहिए था। अब क्या करूँ? वह परेशान हुआ। घर आकर उसने राम को पत्र में सारा वृत्तांत लिख दिया। राम ने जब पत्र पढ़ा तो उसकी खुशी की सीमा न रही पर वह भी यही सोच रहा था कि संध्या का कोई अता-पता नहीं है। वह कहाँ पर रहती है। जब उसने पढ़ा कि वह बोल सकती है तो राम को भरोसा नहीं हुआ कि वह ही उसकी बहन संध्या हो सकती है। शायद कमल को धोखा हुआ होगा। उसके भी दिल में शक पड़ गया। उसने तुरन्त कमल को पत्र लिखा।

"मेरे प्यारे मित्र, मुझे पता है कि तुम संध्या से कितना प्यार करते हो, परन्तु हो सकता है तुम्हें धोखा हुआ हो। तुम्हारे कहने से पता चलता है कि लड़की पूरी संध्या जैसी थी फिर भी हम उसे ढूँढ़ने की कोशिश करते हैं। शायद वह उसी शहर में हो जहाँ तुम रहते हो। भाग्य में लिखा हो तो वह मिल सकती है। हाँ इस समय मेरा आना मुश्किल है। यदि वह लड़की तुम्हें फिर मिले तो पता करना।"

कमल ने जब पत्र पढ़ा तो उसका दिल टूट गया। उसने सोचा था शायद पत्र पढ़ कर राम बाबू यहाँ चले आएंगे, पर ऐसा नहीं हुआ क्योंकि वहाँ उसकी छोटी बहन आरती भी सुसराल चली गई थी। वह केवल अपने परिवार के साथ सुख का

जीवन व्यतीत कर रहा था। उसे समझ में आ गया कि राम अपनी बहन संध्या को भूल चुका है और उसने यह भी सोचा होगा कि कमल को कोई धोखा हुआ है पर कमल फिर से संध्या की याद में खोने लगा। उसकी याद फिर से ताज़ा हो गई। वह इस आशा में रहा कि कब मुझे वह संध्या जैसी लड़की मिलेगी।

ऑफिस आते ही बेला उसके पास आई और वही अपना प्रश्न किया - "कमल, तुम्हारे दिल ने शादी के लिए क्या फैसला लिया?" पर वह कुछ बोला नहीं। वही पहले जैसी चुप्पी साधी। बेला हैरान हुई। न जाने कमल को फिर से क्या हो गया! अब तो वह उसके साथ घुल-मिल गया था। अचानक यह क्या हुआ, वही पहले जैसा हाल है। बेला ने कहा -"कमल, चलो कहीं बाहर चलते हैं।"

कमल ने कहा -"नहीं बेला, आज मेरी तबियत ठीक नहीं है।" उसने बहाना बनाया। उसने यही सोचा, यदि मैं बेला से कहूँ कि मुझे संध्या मिली तो क्या वह मेरी आँखों का धोखा है! यदि वह नहीं होगी तो मैं दोनों तरफ से चला जाऊँगा, न इधर का रहूँगा न उधर का। पर बेला बोलती गई -"चलो, कही चलते हैं।"

कमल ने कहा -"मुझे अकेला छोड़ दो। मुझे आज कुछ अच्छा नहीं लग रहा है।" बेला उदास होकर चली गई। कमल संध्या की यादों में खो गया।

एक-दो महीने बीत गए पर संध्या का कुछ पता नहीं चला। बीच में राम का पत्र आया। लिखा था "क्या संध्या का कहीं पता चला या निराशा ही हाथ लगी?" कमल रोज़ भगवान से विनती करता कि मेरी संध्या को मुझसे मिला दो पर भगवान ने भी उससे मुँह मोड़ लिया था। बेला उसके पीछे पड़ी थी कि माँ कह रही है शादी कब करोगे? कमल ने सोचा, मैं भी कितना पागल हूँ! बेला का क्या कसूर है, मैंने उसे कितना तंग किया। यदि यह सच होता कि वह संध्या ही थी तो क्या वह मुझे देखकर रुक नहीं जाती। क्या इतनी निर्दयी बन सकती है वह? वह मेरा भ्रम ही था, जो मैंने किसी अनजान लड़की को संध्या के नाम से पुकारा क्योंकि मेरी संध्या बोल नहीं सकती थी। वह तो सचमुच मेरी आँखों का धोखा था।

बेला के ज़्यादा आग्रह करने पर वह उसके साथ रविवार को किसी रेस्टोरेंट में चला गया। दोपहर का खाना वहीं खाया। शाम को छह बजे के करीब रेस्टोरेंट से निकले। रास्ते में बातों में मस्त थे। बेला ने कहा -"देखो कमल, इस हलवाई की दुकान पर कितनी अच्छी जलेबी है। थोड़ी अपनी माँ के लिए खरीदूंगी।"

कमल ने कहा -"अच्छा, मैं इधर रुकता हूँ।" इतने में उसके कानों में कुछ लड़कियों की आवाज़ आई। कमल ने मुड़कर देखा तो उसके मुँह से निकल गया "संध्या" पर आगे से कोई उत्तर नहीं आया। लड़कियाँ आगे निकल गईं। कमल ने कुछ धीमी गति से पुकारा था। उसने सोचा कहीं हाथ से न मौका जाए। वह उनके पीछे चलने लगा। उसने तेज़-तेज़ कदम उनकी ओर बढ़ाए। बेला जब दुकान से

निकली तो कमल को न पा कर परेशान हो गई। थोड़ी देर इंतज़ार करती रही, पर वह नहीं आया। उसने और रुकना ठीक नहीं समझा। शाम भी होने वाली थी और घर में माँ भी परेशान होगी, इसलिए घर चली गई। कमल संध्या का पीछा करते-करते अस्पताल तक पहुँच गया। वह अस्पताल में घुस गई। कमल बाहर इन्तज़ार करता रहा। वह सोच में पड़ गया। यहाँ उसका कौन हो सकता है? उसने दरबान से कहा - "भाई साहब, यहाँ जो कुछ लड़कियाँ अन्दर चली गईं, वह कौन थीं?"

दरबान ने कहा -"अरे भैया ये तो सिस्टर थी।"

कमल हैरान हुआ और कहा -"सिस्टर - यानि नर्स।"

"हाँ - हाँ, भैया मैं भी वही कह रहा हूँ।"

ओ! उसने सोचा यदि मैं संध्या के बारे में पूछ-ताछ करुँ तो क्या पता यह मुझ पर कोई शक कर ले क्योंकि लड़की का मामला था। इसलिए वह घर लौट आया। वह समझ गया, बेला भी घर चली गई होगी।

शाम हो चुकी थी। अगले दिन ऑफिस आते ही बेला ने गुस्सा प्रकट किया और कहा -"कल मुझे अकेला छोड़कर कहाँ चले गए थे? बताया तक नहीं। आखिर तुम अपने आपको समझते क्या हो?" वह बहुत गुस्से में थी।

कमल ने ठंडे दिल से कहा –"बेला मैं तुम्हें सब बताऊँगा क्योंकि तुम्हें बताना बहुत ज़रूरी है नहीं तो अनर्थ हो जाएगा।"

बेला आश्चर्य में पड़ गई और कहा -"क्या बात है? कमल बताओ ना, जल्दी बताओ, वर्ना मैं यहीं दम तोड़ दूँगी। अब मुझसे यह सब सहन नहीं होता है। तुमने मुझे बहुत तड़पाया और अभी तक शादी का कोई फैसला नहीं लिया। सच-सच बताओ, आखिर बात क्या है? तुम मुझसे कुछ छुपा रहे हो।"

कमल ने कहा "बेला मैं तुम्हें वही बताने जा रहा हूँ कि संध्या ज़िंदा है। अभी पूरा पता नहीं। मेरी संध्या बोल नहीं सकती थी पर यह जो मैंने देखी, वह बोल सकती है।" बेला का दिल बैठ गया। उसकी आशाओं पर पानी फिर गया। वह काँपने लगी। उसे चक्कर आया और गिर पड़ी। जब होश आया उसने अपने आपको अपनी माँ के पास पाया। उसने आँखें खोलीं तो अश्रुओं की धारा बह निकली। माँ ने कहा - "क्या बात है बेला? चुप हो जाओ। अब तुम ठीक हो।" बेला माँ के गले लगी और फूट-फूट कर रोने लगी और माँ से कहा -"माँ – अब यह शादी नहीं हो सकती है। कमल को संध्या मिल गई पर फर्क यही है कि वह संध्या बोल नहीं सकती थी और यह बोलती है। भगवान करे यह वह संध्या न हो।"

माँ ने कहा -"हाँ बेटी भगवान तुझे कभी निराश नहीं करेगा।"

अब तो कमल इसी धुन में था कि संध्या से किस प्रकार मिल सकता हूँ। उसने राम को यह अवसर नहीं दिया क्योंकि वह अब इस मामले में कोई दिलचस्पी

नहीं ले रहा था। वह यही समझता था कि कमल किसी भ्रम में पड़ गया है। न जाने किस लड़की को देखा और संध्या समझ बैठा! राम यही समझता था कि कमल संध्या की याद में पागल हो गया है और आजतक शादी भी नहीं की।

कमल जब ऑफिस गया तो वह सीधा बेला के पास चला गया। उसका हाल पूछा -"अब कैसी हो बेला? तबियत ठीक है? चलो मैं तुम्हें किसी डॉक्टर के पास ले जाता हूँ।"

बेला ने कहा -"नहीं नहीं, मुझे किसी डॉक्टर के पास नहीं जाना है। अब तो मेरे लिए मरना ही अच्छा है।"

"कैसी बात कर रही हो। जीवन में निराश नहीं होना चाहिए। मुझे देखो! मैं कैसे जिए जा रहा हूँ।"

बेला ने कहा -"कमल ज़रा सोचो। तुम मुझे किनारे के पास लाकर फिर मँझधार में छोड़े जा रहे हो। छोड़ दो वह पिछली यादें। अब नई दुनिया में आ जाओ।"

"नहीं बेला, मैं संध्या का गुनाहगार हूँ। मुझे पहले यह तहकीकात करने दो कि आखिर यह लड़की कौन है?"

बेला ने कहा -"पर उसके लिए कोई तरकीब होनी चाहिए।"

डॉक्टर गुप्ता जोकि अस्पताल में बड़े डॉक्टर माने जाते थे, उनकी कोई संतान नहीं थी। जब से उन्होंने संध्या को देखा था, उनके मन में उस के लिए बेटी का प्यार जाग उठा था। बात यह थी कि उनकी पत्नी ने कई सालों पहले एक बेटी को जन्म दिया था परन्तु वह पैदा होते ही चल बसी थी। उसके बाद उनकी कोई संतान नहीं हुई थी। डॉक्टर गुप्ता ने अपनी पत्नी से संध्या के बारे में कहा कि उसका कोई नहीं, क्यों न हम उसको अपनी बेटी बना लें। उसकी पत्नी मान गई। डॉक्टर की खुशी की सीमा नहीं रही। संध्या भी उनकी बेटी बनने को सहमत हो गई। पहले तो वह यह कहने लगी "मैं न जाने कहाँ से आई हूँ, किसकी बेटी हूँ और आप इतने बड़े लोग। मैं आपके सामने कुछ भी नहीं" पर गुप्ता जी के आग्रह करने पर वह मान गई। गुप्ता जी ने कहा -"तुम तो देवी का रूप हो, इसलिए हम आपका नाम देवी ही रखेंगे।" संध्या ने मन ही मन खुशी प्रकट की। सारे अस्पताल में बात फैल गई। सभी कर्मचारी हैरान थे कि डॉक्टर गुप्ता कितने महान हैं, जिन्होंने लावारिस लड़की को अपनी बेटी बनाया। उस दिन से संध्या डॉ० गुप्ता के घर में रहने लगी। उसने नर्सिंग का काम छोड़ दिया। वह खुश थी कि उसको कोई प्यार करने वाला मिल गया। वह यह सोचने लगी कि मैंने कमल को पहचानने से इंकार किया। वह यही जानना चाहती थी कि उसके भैय्या और भाभी यह सुनकर उसे कितना ढूंढ़ने की कोशिश करेंगे, जब उन्हें कमल मेरे बारे में कहेगा पर उन्होंने कई दिनों तक उसकी कोई खबर ही नहीं ली। संध्या को उसी दिन से अपनों से नफ़रत होने लगी और यही सोचने लगी कि भगवान

के सिवाय उसका कोई नहीं है। उसने इंतज़ार किया कि कमल के कहने पर वह मुझे ढूँढ़ लेंगे पर ऐसा नहीं हुआ। दूसरी बार भी जब कमल ने देखा तब भी वह अंजान बनी रही। वास्तव में संध्या की याद्दाश्त गयी ही नहीं थी। उसे डर था कि वह घर से भाग गई थी। कहीं उसका भाई उसे अपनाएगा या नहीं। समाज के ड़र से वह काँप गई थी और यही सोचने लगी कि मेरे भाई की इज़्ज़त मिट्टी में मिल जाएगी। जिस दिन उसने कमल को देखा था, वह घर आकर बहुत रोई थी। यह सोचकर उसने सच्चाई छुपाई थी कि शायद उसकी शादी हो गई हो और मैं क्यों उसका बसा-बसाया घर उजाड़ दूँ इसलिए वह अंजान बन गई। अब तो संध्या को डॉक्टर गुप्ता के घर पूरा प्यार मिल गया।

कमल ने संध्या को ढूंढ़ने के लिए एक चाल चली। उसने बेला से कहा - "क्या तुम मेरी मदद करोगी। तुम संध्या की सहेली बनकर अस्पताल जाओगी और वहाँ यही कहोगी कि यहाँ मेरी सहेली नर्स का काम करती है। मुझे उससे मिलना है।"

बेला ने कहा -"कोई बात नहीं। मैं तुम्हारी खुशी के लिए कुछ भी करूँगी।" दोनों चार बजे अस्पताल चले गए पर वहाँ संध्या नाम की कोई लड़की नहीं थी। कमल निराश होकर घर वापिस आ गया पर बेला मन ही मन खुश थी। वह सोचने लगी कि कमल को वास्तव में भ्रम हुआ था, वह संध्या की याद में पागल हो चुका है।

आज जब डॉक्टर गुप्ता अस्पताल आये तो वहाँ कुछ कर्मचारियों ने कहा - "सर कल एक लड़की और एक लड़का यहाँ आए थे और किसी संध्या नाम की नर्स को ढूँढ़ रहे थे पर यहाँ इस नाम की कोई नर्स नहीं है।"

डॉक्टर गुप्ता शक में पड़ गए, कहीं यह देवी ही संध्या तो नहीं है। वह परेशान हुए, यही सोचकर कि कहीं देवी के घरवाले तो नहीं थे। क्या वे अपनी बेटी को वापिस ले तो नहीं जाएंगे? भगवान ने मुझे एक बेटी दी। कहीं मैं फिर से बच्चे के लिए तरस ना जाऊँ। पहले उन्होंने सोचा कि देवी को न बताएं, फिर मन बोल उठा..... दुनिया बहुत बड़ी है। कहीं न कहीं तो एक दिन देवी के घरवाले उसे ढूंढ़ ही निकालेंगे। वह घर पहुँचते ही देवी से यह बात कह दी -"आज तुम्हें कोई लड़का और लड़की ढूँढ़ रहे थे? बेटी, कहीं तुम्हारा नाम संध्या तो नहीं।"

संध्या की धड़कन तेज़ हुई, पर उसने कहा -"डैडी, मैं किसी को नहीं जानती। न जाने कौन थे? आप दोनों मुझे किसी पराये के हाथ थोड़ी न भेजोगे। मेरे माता-पिता तो आप ही हैं। मैं आपके बिना नहीं रह सकती। अब मैं यहीं जिऊँगी और यहीं मरूँगी।"

डॉक्टर गुप्ता ने जल्दी रोक लिया और कहा -"ऐसी अशुभ बातें नहीं करते हैं। भगवान तुम्हें लम्बी उम्र दें।"

देवी अपने कमरे में चली गई और फूट-फूट कर रोने लगी। उसे पूरा यकीन हुआ कि कमल के साथ जो लड़की आई थी वह उसकी पत्नी ही होगी। सुबह जब वह जागी तो उसकी आँखे भारी-भारी थी। डॉक्टर गुप्ता समझ गए कि देवी उनसे कुछ छुपा रही है। उन्होंने यहीं सोचा कि अब यही ठीक रहेगा कि हम उसकी शादी कर दें, ताकि वह अपना जीवन सुख से बिता सके। उन्होंने देवी से शादी के लिए कहा। देवी भी मान गई क्योंकि अब उसे पूरा यकीन हुआ था कि कमल की शादी हो चुकी है। उसका भरोसा उठ गया था।

कमल रोज़ चार बजे अस्पताल के बाहर खड़ा हो जाता था कि शायद किसी दिन उसे संध्या मिल जाए पर हर दिन वह निराश होकर घर लौटता था। अब उसे पूरी तसल्ली हो गई थी कि यह उसका भ्रम ही था। यदि संध्या होती तो क्या वह मुझे नहीं पहचानती! अच्छा तो यही है कि मैं उसे भूल जाऊँ। बेला को भी मैंने बहुत परेशान कर दिया। अब कमल ने पूरी तरह से संध्या के मिलने की आशा छोड़ दी।

डॉक्टर गुप्ता ने एक बहुत ही सुशील लड़का ढूंढ़ लिया जो संध्या को भी पसंद आया। लड़का ज़्यादा अमीर नहीं था। उसके घर में एक बूढ़ी माँ के सिवाय कोई नहीं था और वह हमेशा बीमार ही रहती थी। संध्या भी खास पढ़ी-लिखी नहीं थी। लड़के ने सोचा कि यह मेरी माँ की अच्छी देख-भाल कर लेगी और मेरा घर भी अच्छी तरह से संभाल लेगी। माँ ने परिश्रम करके उसे पढ़ाया-लिखाया था और वह भी डॉक्टर ही था। शादी का दिन आ गया। बारात आ गई। शहनाई बज उठी। संध्या का मन कमल की ओर ही था जिसने कभी सोचा था कि कमल के सिवाय किसी से भी शादी नहीं करेगी पर वह विवश थी।

कमल आज फिर से अपनी दिल की तसल्ली के लिए अस्पताल गया। उसने चौकीदार से कहा -"मैं तुम्हें कुछ चाय-पानी दूँगा, मुझे तुम सभी नर्सो के बारे में बता दो।"

चौकीदार ने कहा -"अरे आज तो कोई कर्मचारी यहाँ नहीं है। सभी डॉक्टर गुप्ता जी के घर चले गए हैं। उनके घर आज उनकी गोद ली बेटी की शादी है।"

कमल हैरान हुआ -"गोद ली बेटी – मुझे ज़रा डॉक्टर साहब का पता देना।" उसने चौकीदार से कहा।

कमल गुप्ताजी के घर चला गया। उनसे मिलकर डॉक्टर गुप्ता ने कहा - "बेटे आप इतने परेशान क्यों हो ? मुझसे क्यों मिलना चाहते हो ?"

कमल ने सारा किस्सा सुनाया, जिससे डॉक्टर गुप्ता हैरान और परेशान भी हो गए। पर उन्होंने कमल से कहा -"बेटा आओ मेरे साथ।" और दूसरे कमरे में ले गए, जहां संध्या अपनी सहेलियों के साथ थी। डॉक्टर ने उनसे कहा -"आप ज़रा दो मिनट बाहर जाना।" संध्या की सभी सहेलियाँ बाहर चली गई। संध्या जो दुल्हन का

जोड़ा पहने हुए थी, उसने पीछे मुड़कर देखा। कमल को देख कर वह सहम गई, पर अपने आप को संभाला।

कमल ने उसे देखते ही कहा –"संध्या तुम्हें क्या हो गया है। क्या तुम नहीं पहचानती हो, मैं तुम्हारा कमल हूँ।" पर संध्या अनजान बनकर देख रही थी और उसे पहचानने से इन्कार कर दिया। डॉक्टर गुप्ता के शरीर में जान आ गई। उन्होंने कमल से कहा -"यह संध्या नहीं है बल्कि मेरी बेटी देवी है।" कमल का दिल उदास हुआ और कमरे से बाहर निकल गया। उसने आज संध्या की पूरी आशा छोड़ दी। उसने यही सोचा यदि यह लड़की संध्या होती तो क्या मुझे इतना तरसता देखकर वह मुझे नहीं पहचानती ? यह और कोई उसकी हमशक्ल लड़की है जिसका नाम देवी है।

कमल के जाते ही संध्या मुँह ढक कर रोने लगी। इतने में सभी सहेलियाँ उसके पास आ गईं। संध्या को रोते देख कर सब ने कहा –"अरे तुम इतना क्यों रो रही हो ?"

संध्या ने अपने आँसू पोंछे और कहा -"मुझे मम्मी–पापा की याद आ रही थी, क्योंकि अब उनसे बिछड़ जाऊँगी।" "दूल्हे राजा, वो कब से इंतज़ार कर रहे हैं।" संध्या को सहेलियाँ नीचे ले गई। शादी हो गई। वह अपने सुसराल चली गई।

कमल उदास घर लौटा। अब संध्या की कोई चिंता नहीं। जिसकी वह इतनी प्रतीक्षा कर रहा था वह तो अब पराई हो गई थी। हारकर उसने बेला से कहा - "शादी की तैयारियाँ कर दो। मैं तैयार हूँ।" वह बहुत खुश हो गई। उसकी माँ की खुशी की सीमा नहीं रही। एक दिन आ गया कि दोनों शादी के बंधन में बंध गए।

डॉक्टर गुप्ता अवकाश प्राप्त हो गए। उन्हें बहुत सा रुपया मिल गया। उन्होंने सोचा अपने जीते जी मैं देवी के नाम वसीयत कर दूँ, तो अच्छा रहेगा क्योंकि कहीं बाद में उसके रिश्तेदार देवी को तंग न करें। उसने वसीयतनामा तैयार किया कि मरने के पश्चात् देवी ही उसकी सारी दौलत की हकदार होगी। वकील ने कागज़ात तैयार किए। डॉक्टर गुप्ता ने कहा -"इन कागज़ात पर देवी के हस्ताक्षर लें। देवी को सुसराल से बुलाया गया। उसके साथ उस का पति नहीं था। वह इसी सोच में थी कि किस कारण उसके पिता ने उसको बुलाया है। यह सुनकर हैरान हुई कि पिताजी सारी जायदाद उसके नाम करना चाहते हैं। उसके बहुत मना करने पर भी डॉक्टर साहब नहीं माने। देवी हस्ताक्षर करने के लिए विवश हुई। हस्ताक्षर करते समय उसे होश नहीं रहा। उसने देवी के स्थान पर संध्या लिख दिया। जब वकील ने देखा तो उन्होंने गुप्ता जी से कहा -"इनका नाम देवी है या संध्या ?"

गुप्ता जी कहने लगे -"इसका नाम तो देवी है।"

वकील ने कहा -"पर इन्होंने तो संध्या लिख दिया।" संध्या को गलती का आभास हुआ। उसने जल्दी नाम मिटा दिया परन्तु वह मिट नहीं सका। स्याही अपनी छाप छोड़ देती है।

गुप्ता जी ने बात पकड़ ली। उन्होंने वकील से कहा –"शायद इसने घर का नाम लिख दिया हो। आपको पता ही है कि यह ज़्यादा पढ़ी लिखी नहीं है, इसलिए गलती हुई होगी।"

वकील ने कहा -"पर अब तो नये कागज़ बनाने पड़ेगे।"

गुप्ता जी ने कहा -"कोई बात नहीं इन्हें काट दो। नये बना देना।" यह कहकर उन्होंने कागज़ फाड़ दिए और वकील ने कहा -"कल नये बना के लाऊँगा।" वकील चला गया।

शाम का समय था। गुप्ता जी ने देवी से कहा -"बेटी, अब आज रात को यहीं रहो, कल हस्ताक्षर करके सुसराल चली जाना। नहीं तो कल फिर आना पड़ेगा।"

संध्या घबराई हुई थी। उसने सोचा न जाने डा० गुप्ता क्या सोंचेगे। शायद यही कि मैंने धन के लोभ में यह अनजान बनने का नाटक किया हो। वह अपने किए पर शर्मिंदा थी, यही सोचकर अब मैं डॉक्टर गुप्ता को कौन-सा मुँह दिखाऊँगी जब मुझे कोई लालच नहीं है। खैर वह रात को वहीं रही पर अपनी गलती महसूस कर रही थी। गुप्ताजी और उसकी पत्नी ने उसे रात को अपने कमरे में बुलाया। पास बिठाकर कहा -"क्या तुम सचमुच ही संध्या हो? बताओ बेटी।" पर संध्या घबराई हुई थी, उसने यही कहा कि -"मैं घर से भागी हुई थी....." और अपनी सारी सच्ची कहानी सुना दी।

डा० गुप्ता ने कहा -"बेटी, माना तुम्हारे भैय्या और भाभी तुम्हारी कुछ परवाह नहीं करते थे, पर कमल तो तुम्हारा इंतज़ार कर रहा था और तुम्हें आजतक ढूँढ़ता रहा। तुम्हारे लिए वह कुँवारा रहा। शादी तक नहीं की। शायद तुम कभी न कभी मिल जाओ। उसका तो ख्याल किया होता।"

संध्या ने जब यह सुना कि कमल कुँवारा ही था तो उसके होश उड़ गए। उसने अपने आपको कोसा कि उसने यह क्या किया? जो उसे इतना चाहता था, उसको बीच भँवर में छोड़ दिया! मैं कभी सुखी नहीं रहूँगी पर अब क्या होगा? उसका पति था। उसकी माँ समान सास थी। उनको छोड़कर कमल के पास नहीं जा सकती थी। उसने अपने आपको धिक्कारा। उसे अपने आप से नफरत होने लगी। मैंने एक महान व्यक्ति को चोट पहुँचाई – मेरे लिए कितना तड़पता रहा, पर मैंने उसे पहचानने से इंकार किया। डॉक्टर गुप्ता और उसकी पत्नी संध्या की हालत देख रहे थे कि उसके मन में कौन से विचार उठ रहे हैं! उन्होंने उसे धीरज दिया और कहा -"कोई

बात नहीं बेटी, तुमने तो यह सब हालात देखकर ही किया। इसमें तुम्हारा कोई दोष नहीं है। छोड़ो अब इन बातों को। हमें कोई गिला नहीं है। कल वकील साहब आ रहे हैं। अब सोच समझ कर कागज़ात पर हस्ताक्षर करना।"

संध्या चुप रही, पर इस हालात में भी दोनों के पाँव पकड़े और कहा - "आप मेरे माता-पिता हो, मुझे माफ करना और यह मत समझना कि मैंने यह धन के लोभ में किया। इसमें मेरा कोई दोष नहीं है पर मैं कमल की गुनाहगार हूँ। वह मुझे कभी भी माफ नहीं करेगा।"

गुप्ता जी ने कहा -"बेटी, हमारे दिल में तुम्हारे लिए कोई नफरत नहीं है। हमने पहले भी कहा, हालात इंसान को कहाँ से कहाँ पहुँचा देते हैं। खैर, छोड़ो, अब सो जाओ, कल वकील साहब आ रहे हैं। अब सही हस्ताक्षर करना, इसका पूरा ध्यान रखना।" वे दोनों भी सो गए। सुबह बहुत देर तक देवी नहीं उठी तो गुप्ता जी को चिंता हुई। वह देवी के कमरे में चले गए और ज्योंहि दरवाज़ा खोला तो देखा वह ज़मीन पर अचेत गिरी हुई है। उन्होंने अपनी पत्नी को आवाज़ लगाई। वह दौड़कर आई, उसने देखा तो उसकी चीख निकल गई क्योंकि गुप्ताजी ने कहा "वह हमेशा के लिए सो गई है।" बात सारे शहर में फैल गई। बेला और कमल ने भी जब यह सुना, तो वह भी उनके घर चले आए। कमल हैरान था। वह तो शादी पर भली थी, पर अचानक उसे यह क्या हो गया? उन्होंने डॉक्टर गुप्ता को बहुत धीरज दिया। डॉक्टर गुप्ता ने कहा -"हमारी किस्मत ही खराब थी जो यह हमसे दूर चली गई।" उन्होंने इस बात का कोई ज़िक्र नहीं किया कि यही संध्या थी। कमल को लगा कि सचमुच ही संध्या उससे भी दूर चली गई।

एक साल के बाद डॉक्टर गुप्ता ने एक नर्सिंग होम बनवाया जो देवी के नाम पर था और अपनी सारी दौलत उसी में लगा दी।

* * *

यादें

कुछ बीती हुई यादें, कुछ बीते हुए पल,
स्मृतियों के सागर, अश्रुओं के जल।
कुछ बीती हुई यादें, कुछ बीते हुए पल।।

सन-सन करती हवाएं, कल-कल करती धाराएं,
शाखों के पत्ते उड़ते हुए खग फराएं।
आँखों में उतर आए ख़्वाबों के महल।।
कुछ बीती हुई यादें, कुछ बीते हुए पल।।० ।।

फैली हुई हरियाली, खिलते हुए फूल,
दाता ने किया ऐसा, हुए सब हमसे दूर।
तरसी हुईं आँखें देखे कब मखमल।।
कुछ बीती हुई यादें, कुछ बीते हुए पल।।० ।।

सब थे भाई जैसे जाति का न था भेद-भाव,
बिछड़े सब ऐसे भरते नहीं अब घाव।
फिर होंगे मिलकर, कब आएगा वह पल।।
कुछ बीती हुई यादें, कुछ बीते हुए पल।।० ।।

बहती हुई वितस्ता, गाते हुए झरने,
कैलाश की हवाएं लगी बर्फ पिघलने।
फिर से बुला रहे हैं कीचड़ में वे कमल दल।।
कुछ बीती हुई यादें, कुछ बीते हुए पल।।० ।।

खेतों में वह खेती, हर काँधे पे लिए हल,
सूना-सा लगता है परियों का वह महल।
शिकारों से भरा हुआ वह झीले डल।।
कुछ बीती हुई यादें, कुछ बीते हुए पल।।० ।।

✹

सपना

देखा इक सपना, अपने वतन कश्मीर का।
चारों ओर फूल खिले थे, साथ अपनो का।।

सन-सन हवा ने झट से खिड़की खोली।
सूने आँगन ने स्वागत किया, पेड़ पे चिड़िया बोली।।

छोड़ा हमें तन्हा, तरस न आया।
याद करते-करते कब सोए कब खाया।।

मिलते थे अन्न के दाने जो अबतक मिल न पाए।
आस लगाए बैठे हैं, क्या फिर हम मिल पाए।।

दूर से देखा, खूँटे से गाय बंधी थी।
आँखें धँसी हुई हड्डियों का ढाँचा बनी थी।।

खोला जो ताला, था अकड़ा हुआ।
उसने था दरवाज़ा कसके पकड़ा हुआ।।

गली के कुत्ते दुम हिलाकर पीछे आए।
उनकी प्यार भरी बोली, हम समझ न पाए।।

छेड़ा कुछ दंरिदों ने आदत से गिर गए, ठोकर खाई।
पर कुत्तों नें उन्हें भगाया, अपनी वफादारी निभाई।।

काश, यह सपना कभी टूट न जाता।
हमें फिर से वही समय रास आता।।

चाहा ऊपरवाले ने तो सपनें साकार ही होंगे।
चलेंगे अपने वतन, फिर एक साथ होंगे।।

✸

भ्रूण हत्या

(फिर आऊंगी)

फिर आऊँगी मत रोको मुझे।
करने हैं कई काम, मत टोको मुझे।।

दूँगी जन्म फिर से कई वीरों को, मिटा दूँगी टेढ़ी लकीरों को,
मिटेंगे सब अत्याचार, मत टोको मुझे।
फिर आऊँगी मैं, मत रोको मुझे।।

लूँगी जन्म महाकाली का, कर दूँगी अंत अत्याचारों का,
होगा अवतार फिर देवी का, मत टोको मुझे।
फिर आऊँगी मैं, मत रोको मुझे।।

आऊँगी मैं माँ बेटी, बीवी बनकर, कर दूँगी हर समस्या हल,
बिगड़े काम सँवारुंगी, मत टोको मुझे।
फिर आऊँगी मैं, मत रोको मुझे।।

आई थी धरती फाड़ कर मैं, रावण को धरती में गाड़ कर मैं,
कर दूँगी सब असुरों का संहार, मत टोको मुझे।
फिर आऊँगी मैं, मत रोको मुझे।।

मैं जन्म लूँगी तो संसार होगा, मेरे आने से हर व्यवहार होगा,
सँवारूँगी इस धरती को, मत टोको मुझे।
फिर आऊँगी मैं, मत रोको मुझे।।

ले लो शपथ कर लो प्रतिज्ञा, है ब्रह्म शाप यह भ्रूण-हत्या,
मिट जाए अभिशाप, मत टोको मुझे।
फिर आऊँगी मैं, मत रोको मुझे।।

मत करो बेटा-बेटी में भेद-भाव, बढ़ेगा फिर नहीं वाद-विवाद,
मिटा दूँगी यह व्यवहार, मत टोको मुझे।

फिर आऊँगी मैं, मत रोको मुझे।।

मिटाओगे जो तुम दहेज प्रथा, होगी कभी न भ्रूण-हत्या।
जिऊँगी मैं निर्भय होकर, मत टोको मुझे।
फिर आऊँगी मैं, मत रोको मुझे।।

न करो अपमान मैं हूँ शिव-शक्ति, बिन मेरे मिट जाएगी मानव की हस्ती,
मेरे बिन न होगा यह संसार।
फिर आँऊगी मैं, मत रोको मुझे।।

✸

बेटी बचाओ

मैं ही थी जिसने तुझे पैदा किया।
तुझे पाला-पोसा और भविष्य दिया।।

पुरूष लाख समझाने पर बाज़ नहीं आता है।
क्यों मुझे समाज में लाने से घबराता है।।
क्यों दोष देता है मुझे समाज में लाकर।
जो मेरे आने पर मुझे दूर किया कोख से गिराकर।।
ऐ मूर्ख, तुझे एहसास नहीं मेरे ज़िंदा होने का।
क्या तुझे मालूम नहीं अपना वजूद खोने का।।
मैं ही थी जो तुझे हर युग में बचाती चली आई।
तेरी दुनिया को आगे बढ़ाती चली आई।।
कई युगों से मुझे अपने से दूर किया।
पल-पल मुझे धिक्कारा, मेरा अपमान किया।।
नहीं फर्क़ तुझमें और दानव जाति में।
तू भी तो एक दुष्ट नारी घाती है।।
सोच ले यदि ऐसा ही व्यवहार करता जाएगा।
एक दिन मानव जाति का नामो-निशां मिट जाएगा।।
कर ले प्रण बेटी को अपनाएगा।
उसे बचाकर बढ़ाएगा और पढ़ाएगा।।

✸

चाहत

भूला न पाए अबतक, वह प्यार चाहिए।
छीना गया जो हमसे, वह अधिकार चाहिए।।

समय का काल चक्र था, मिटा न अबतक।
मिटा दे अंधकार को, वह मशाल चाहिए।।

बिछड़े हुए हैं अपने, अबतक न मिल सके।
होंगे फिर इकजुट, वह रफ़्तार चाहिए।।

आँखों से जो ओझल हुए जिगर के टुकड़े।
मिल के रहेंगे कब हम, वह दुलार चाहिए।।

फूलों-फलों की वादी, भूले न हम अबतक।
खिले फिर दिल की कलियाँ, वह बहार चाहिए।।

आदर्श देव-मन्दिर बिखरे हुए हैं अबतक।
फिर से पनप उठे, वह धार्मिक बयार चाहिए।।

माँ वितस्ता की दूरी अबतक न सह सके।
सींचे हमारा जीवन वह प्रवाह चाहिए।।

जन्मभूमि पूर्वजों की छीनी गई है हमसे।
जन्म ले फिर वहीं हम वही, हमें दयार चाहिए।।

छोड़ा था आशियाना, अपनी जां बचाकर।
मिलेगी मन को शांति वह घर-बार चाहिए।।
छीना गया जो हमसे वह अधिकार चाहिए।।० ।।

✷

नियति

रात अंधेरी थी, बरसात के दिन आए।
आसमां देखा तो कुछ तारे नज़र आए।।

थी घनघोर घटाएं, हर ओर थे बादल छाए।
धरती को देखा तो लगा तारें ज़मीं पे उतर आए।।

मन हर्ष से कह उठा, चलो तारें समेट लाएं।
जो थे हमसे दूर जहाँ अबतक न हम पहुँच पाएं।।
ये सोच के उठ पड़े कि चलो तारे समेट लाएं।
हुए हैरान तब, जब यह जुगनू निकल आएं।।

तब तक तो बादल भी अंबर से हट पाएं।
गौर से देखा तो, हर ओर तारे नज़र आएं।।

सच तो यह है मानव नियति को न टाल पाएं।
रखा है जिस को, जहाँ वह वहाँ से न हिल पाएं।।

मानव के मन में कितने भी विचार आएं।
होगा वही जो नियति ने नियम बनाएं।।

चाँद और बादल

चाँद कभी छुपता, कभी निकल आता है।
कसूर बादलों का, जो चाँद को अपने लपेट में लाता है।।

अगर बादल न आता तो चाँद भी न छुप जाता।
जो अंधेरे में धँसे हैं, उन्हें भी राहत मिल पाता।।

यूं तो बादल भी शीतल होते हैं।
जब वेग से बढ़ते हैं तो तेज़ होते हैं।।

सुख तो बादलों से भी मिलता है।
क्या करें, कभी-कभी दु:ख भी मिलता है।।

ले जाता हमारी मेहनत कभी बहाकर सारी।
ग्रीष्म हो या अकाल, लगती है तब वर्षा प्यारी।।

चाँद तो चाँद है जो शीतलता देता है।
पर बादलों की तरह मन न उसका मैला होता है।।

गति इंसान की बादलों-सी होती है।
कभी मन मैला तो कभी होठों पे हँसी होती है।।

क्या होता जो इंसान चाँद जैसा होता।
जो बादलों में छिपकर भी अपनी छवि नहीं खोता।।

चाहिए हमें चाँद से सीख लेनी।
तपती धरती पर उतार देता चाँदनी।।

✷

झरना

देखो यह झरना क्या वेग से बह रहा है।
मानो किसी से अपनी दास्ताँ कह रहा है।।

फुर्सत है किसको रुककर जो सुन सकेगा।
पर झरना है, झरना रुकना न सह सकेगा।।

तुम तो हो मस्ती में अंजाम कैसा होगा।
मेरी तरह चलोगे तो तुम को भी आराम होगा।।

छोड़ो न साथ मेरा इक बार सुन लो कहना।
बिछड़ोगे इस बार तुम फिर मुझसे न कहना।।

मैं तो अपने बहाव में सब को लिए चलता हूँ।
मुझ में न भेद-भाव, रुकता हूँ न थकता हूँ।।

जैसे मैं हरदम चलता ही जा रहा हूँ।
तुम भी तो कुछ सीखो गा-गा के कह रहा हूँ।।

मिल कर चलोगे तुम तो खुशियाँ समेट लाएं।
आखिर में हम सभी सागर में मिल जाएं।।

कब घर जाएंगे

दिन-रात तड़पे, समय का इंतज़ार किया, कब घर जाएंगे।
क्या पता था घर से दूर रहकर बीते पल याद आएंगे।।
कब घर जाएंगे।।

कितनी बार मन को समझाया, वह फिर से कह उठा घर जाऊँगा,
अपने जन्म स्थल पर, सब कहते जिसे धरती का स्वर्ग।
क्या उसी स्वर्ग में फिर बस पाएंगे, कब घर जाएंगे।।

वह कैलाश जहाँ शिव हैं त्रिशूलधारी, वह त्रिनेत्र वाला संहारी,
नहीं छोड़ेगा उन बेरहमों को, जिनके कारण हुए हम घर से बेघर को।
आशा है दु:ख के दिन बीत जाएंगे, कब घर जाएंगे।।

कहाँ गए वो बाग-बगीचे, वे चिनार के पेड़ वे गलीचे,
वह मंदिर, वह भूत, वह देवी-देवताओं के आदर्श स्थल।
फिर उन्हीं स्थानों पर क्या प्रस्थान कर पाएंगे, कब घर जाएंगे।।

अपनी सांस की घड़ी में इक-इक आस है,
कभी अपने जन्म स्थल पर जाएंगे, यह विश्वास है।
जब होंगे सभी एक, तब घर जाएंगे।
फिर यह न कहेंगे कब घर जाएंगे, कब घर जाएंगे।।

साक्षरता

ऊँच-नीच का भेद छोड़कर, हाथ मिलाओ,
ज्ञान की जोत जलाकर अपने देश को स्वर्ग बनाओ।
ऐ देशवासियों यह मेरा संदेश।।
जो भी है अज्ञानी, उन सबको दो आदेश,
ऐ देशवासियों यह मेरा संदेश।।० ।।

अनपढ़ता को दूर भगाना, यह संकल्प हमारा,
शिक्षा का प्रचार करना है, यह कर्म हमारा।
छोड़ें भूत को, अपना भविष्य सँवारे।।
ऐ देशवासियों यह मेरा संदेश।।० ।।

आँधी आए, तूफां आए, नहीं हमें घबराना,
साक्षरता के खातिर हमको मुश्किल से टकराना।
शुद्ध-शुद्ध शब्दों में सीखो लिखना अपना नाम।।
ऐ देशवासियों यह मेरा संदेश।।० ।।

बाल-विवाह को छोड़ो तुम और ज्ञान की जोत जलाओ,
बूढ़े, बच्चों को शिक्षा की राह नई दिखलाओ।
करे प्रण हम-तुम आज एक साथ।।
ऐ देशवासियों यह मेरा संदेश।।० ।।

शिक्षा-भवन

यह भवन क्या है, शिक्षा का खज़ाना है।
जो भी आता है, लूट के चला जाता है।।

जितना भी आज तक चुराया है, उतना ही खज़ाना भर आया है।।
देने वाला नहीं थकेगा, कमी उन हाथों की है, जो लेने से थक जाते हैं।।

इस खज़ाने के कई पहरेदार बदल गए,
जितना चाहा खुद भी लिया, औरों को भी देते गए।।
किस का क्या भाग्य होगा, कोई डाक्टर, कोई सेवक होगा।।

है तो यह ज्ञान का सागर, जितना निकालो भरता ही जाएगा।
सूरज, चाँद, तारों की तरह, चमकता ही जाएगा।।

✹

आतंकवाद

कश्मीर में छाया आतंकवाद।
सब निकल पड़े, छोड़ा घर-बार।।

भारत संतान करे हाहाकार, सब लोग पुकारे आतंकवाद।
जब देश में फैला यह विवाद, भारत ने झट सुन ली पुकार।
फौज निकल पड़ी तत्काल, हुआ प्रचार हमको बचाओ।
धरती पर खून हुआ लथ-पथ, लोगो के चेहरे बने विस्मृत।
आतंकवादी मिट गए उत-इत, वीरता ने किया प्रचार पश्चात।
सारी जनता हुई बेबस, निकल भागने लगी बेकस।
भारत माता की आशा वश, दौड़ने लगे नंगे परवश।
कोई न कह सका सारे जहाँ, बस तोपों की छाई छटा।
सारी वाटिका पर बरसी घटा,
क्या पंडित और वीर सेनानी, सब विरोध करे भारत जननी।
तुम माँ हम क्षमा प्रार्थी, गूँज उठी धुन अगर कहानी।

✹

एकता

किस्मत ने क्या दिन दिखलाए, भूमि अपनी रास न आई।
किन पापों की सज़ा है पाई, गुज़रे दिन, कहीं रातें।।
एक होते तो बिछड़ न जाते।।० ।।

हमने चाहा मिल कर रहना, वे चाहते हैं दूर ही रहना,
बिना विचारे कुछ कह नहीं पाए, झेले कष्ट पड़ा दुःख सहना।
स्मृति में अश्रु की नदी बहाते, एक होते तो बिछड़ न जाते।।

विधि ने किया हमसे खिलवाड़, टूटे दिल हुए बर्बाद,
हिम्मत न हारी फिर हुए आबाद, झेली गर्मी कठिन बरसातें।
एक होते तो बिछड़ न जाते।।० ।।

क्या सोचा था, क्या पाया है, तन सिकुड़ा है मन भर आया है,
क्षण-क्षण जीवन दुःख में पाया है, हर कठिनाई मिलकर सह पाते।
एक होते तो बिछड़ न जाते।।० ।।

गिर पड़े छोड़ा ना धीर, फिर बदल दी अपनी तकदीर,
बिन धीरज के उठ नहीं पाते, एक होते तो बिछड़ न जाते।
एक होते तो बिछड़ न जाते।।० ।।

*

हे वितस्ता मां

हे वितस्ता माँ, हे वितस्ता माँ, लो पुकारती तुम्हारी संतान।
भूल क्या हुई हमसे कर दो माफ, लो पुकारती तुम्हारी संतान।।

तू है जन्मदात्री माँ, तू है शक्तिदायिनी माँ।
दे दे भक्ति का हमको वरदान, लो पुकारती तुम्हारी संतान।।

हमने पकड़ा है आँचल तुम्हारा, दे दे हमको तू ही सहारा।
बने जीवन हमारा मूल्यवान, लो पुकारती तुम्हारी संतान।।

रहें कितनी दूर हम तुमसे, कभी पल भर न बिछड़ेगे तुमसे।
दम दो इतना, ले दुष्टों की जान, लो पुकारती तुम्हारी संतान।।

रखे आशा की जोत जला के, मिटेंगे तेरी शरण में आके।
अपना जीवन करेंगे बलिदान, लो पुकारती तुम्हारी संतान।।

हम न छोड़ेंगे कभी तेरा साथ, रख दे सिर पे हमारे अपना हाथ।
करो रक्षा मिले सम्मान, लो पुकारती तुम्हारी संतान।।

✷

बाल कविता

नन्हा-सा यह छोटा बालक
लाया इक मोटर और चालक
चाबी देकर उसे चलाया
खुश होकर मन बहलाया
मुन्नी आई दौड़ के अन्दर
साथ में लाया उसने बन्दर
दोनों मिलकर खेल दिखाए
बन्दर से जा मोटर टकराए
मुन्नी का बंदर गिरा अचेत
मुन्नी रोए उठाए बन्दर
मोटर तोड़ी, हुई तसल्ली
भागी बाहर ज़ोर से हँस ली
मुन्ना पीछे दौड़ा आया
हाथ में उसने डंडा लाया
पापा ने लाई मिठाई
मुन्नी को फिर सुध आई
दोनों में फिर शुरु हुई लड़ाई

✹

आशा

जाएंगे अपने जन्म स्थल पर, रखी है हमने आशा।
वीरों पर है भरोसा, देंगे न वह निराशा।।

अब तक जिए हुए हैं, बुझते दिए जलाए।
शायद कभी आशा किरण मिल जाए।।

हम मातृभूमि को होने न दें बर्बाद।
वीरों को हम मिलकर दें आशीर्वाद।।

सब मिलकर करें इस बात पर संवाद।
पकड़ा है जो इक बार, छोड़ेंगे न वह हाथ।।

बँट जाए चाहे धरती फिर भी रहेंगे साथ।
रहें इक साथ हम, चाहे भिन्न-भिन्न हों ज़ात-पात।।

✵

www.ingramcontent.com/pod-product-compliance
Ingram Content Group UK Ltd.
Pitfield, Milton Keynes, MK11 3LW, UK
UKHW021656190726
13853UKWH00001B/303

9 789387 923287